Die Prinzessin des Zweiplanetensystems

Pilot der Sterne II

Das Leben ist eine Komödie für den Denkenden
und eine Tragödie für die, welche fühlen.

(Hippokrates)

Jens Fitscher

Die Prinzessin des Zweiplanetensystems
Pilot der Sterne II

© 2013 Jens Fritscher
1. Auflage
Umschlaggestaltung: S. Verlag JG

S. Verlag JG 35767 Breitscheid
ISBN: 978-3-944532-76-9

Bibliografische Information der Deutschen Nationalbibliothek:
Die Deutsche Nationalbibliothek verzeichnet diese Publikation in der Deutschen Nationalbibliografie; detaillierte bibliografische Daten sind im Internet über http://dnb.d-nb.de abrufbar.

Printed in Germany

Inhaltsverzeichnis

Er betrat eine große, quadratische Halle, nahm die Maske ab und atmete langsam die Luft ein. Sie war in Ordnung. Er ging vorsichtig um sich schauend weiter. Als der schrille Ton unmittelbar einsetzte, zuckte Franz Xavier zusammen und warf sich zur Seite. Dort, wo er eben noch gegangen war, klaffte ein riesiges Loch im Boden. Und ebenso in der Decke.

Von dem Roboter fehlte jegliche Spur.

Schnell setzte Franz die Atemmaske wieder auf.

Er schaute kurz durch das Loch in der Decke und konnte vereinzelt die Sterne erblicken.

Vor ihm am Boden klaffte das Loch, dessen Ränder noch glühend heiß waren. Den Durchmesser schätzte er auf mindestens fünf Meter.

Mehrere Erschütterungen ließen den Boden schwanken.

„Ich muss zurück. Ich muss hier heraus."

Franz rannte bereits zur Schleuse zurück. Die giftige Atmosphäre des Planeten war bereits in das Schiff eingedrungen.

Ein Druckausgleich war somit nicht mehr nötig. Im Nu stand er wieder draußen und ging unbewusst in die Knie, als er das riesige Schiff über sich sah.

Es strahlte in der Dunkelheit, als würde es aus sich heraus glühen. Wie ein Berg schwebte es keine fünfzig Meter über Bodenniveau und direkt über ihm.

Aus mehreren großkalibrigen Panzertürmen schossen gleißend helle Strahlen nach allen Richtungen.

Wo sie auftrafen, schossen riesige Explosionspilze in die Luft. Langsam senkte sich das Schiff immer tiefer auf ihn herab.

Er wusste mit einem Mal nicht mehr, wohin er fliehen konnte. Franz bekam keine Luft mehr und riss sich mit einem Aufschrei die Maske vom Gesicht.

Der Boden des Schiffs war jetzt nur noch wenige Meter über ihm, dann berührte das harte Metall seinen Kopf.

Es durchdrang ihn und er vergaß in diesem Augenblick, wo er sich eigentlich befand. Nur kurz sah er aus der Sicht des Schiffes heraus seinen Körper auf den Planetenboden sinken, dann war er eins mit dem Schiff geworden.

Sein einziger Gedanke, schnell fort von hier, fort von diesem feindlichen Planeten.

Hinaus in die Weiten des Alls. Er, Franz Xavier Steinbauer war jetzt das Schiff. Er atmete die Freiheit des Weltraums.

Er konnte die fremden Sonnen fühlen und genoss es, sich wie ein Vogel in die Unendlichkeit des Weltalls zu schwingen.

Er ließ seinen sterblichen Körper zurück.

Er ließ all das klein karierte Denken und die fehlbaren Süchte eines Menschen zurück.

Nur noch einmal wandte er einen letzten Blick auf die zerfetzte Leiche, die auf dem Boden des Planeten lag.

Er sah sich selbst im eigenen Blut liegen und ein jähes Erschrecken durchzuckte ihn.

„Das war nicht richtig. Irgendetwas war absolut nicht richtig. Was würde John Starbug jetzt tun?"

Das war das Schlüsselwort. Mit einem gurgelnden Aufschrei wollte sich Franz Xavier von den Alpdrücken, die in ihm anscheinend wütenden, befreien.

Aber er kam nicht weit. Seine Augen waren weit aufgerissen und er sah nichts.

Eine milchig weiße Masse bewegte sich schwerfällig vor seinem Gesichtsfeld. Sein Mund war fest verschlossen und ihm wurde künstlicher Sauerstoff in die Nase gepumpt.

Er hatte rasende Kopfschmerzen und Blitze zuckten über seine Sehnerven und ließen seine Verwirrung noch stärker werden.

„Wo war er?"

Die Minuten vergingen, in denen er langsam wieder anfing zu denken.

„Das habe ich doch schon einmal erlebt. Was war es nur?"

Franz fing an sich den Kopf zu zermartern. Die Schmerzen ließen langsam nach.

Er vernahm ein glucksendes Geräusch. Dann setzte die Erinnerung ein und rissen ihn mit sich wie ein reißender Bergfluss.

Er wusste überhaupt nicht, wie ihm geschah, so vieles stürmte auf ihn ein.

Er lag in einem Genesungsbad.

„Schon wieder." Dieser Gedanke aktivierte die Erinnerung an seinen Flug mit der HERMES I und den Zusammenstoß mit dem Meteor.

Danach kam das Aufwachen in dieser Wanne. Jetzt lag er schon wieder hier.

„Richtig, der Zusammenstoß mit dem Attentäter auf dem Markt der singenden Steine im Saran System. Und Fuller mit dem Mädchen."

Der Gedanke war noch nicht zu Ende gedacht, als er sich ruckartig aufrichten wollte. Aber das ging nicht. Die interne Gravoleine hielt ihn zurück. Er durfte noch nicht aufstehen.

„Der Status der Verbrennungen an der Haut hat nach der aktuellen Hochrechnung in zwei Stunden und achtzehn Minuten das Gesundungsniveau erreicht, das es erlaubt Sie aus dem Bad zu entlassen. Sämtliche innere Organe haben bereits vor genau achtzehn Stunden und zweiundzwanzig Minuten ihre Tätigkeit wieder selbständig aufgenommen. Die OP an Teilbereichen ihres Stammhirns ist erfolgreich verlaufen, jedoch sind die molekularen Verbindungen noch nicht vollständig absorbiert und abgeheilt.

Es bedarf hier noch einer gewissen Schonung für einen kalkulierten Zeitraum von achtundvierzig Stunden und fünf Minuten. Medoeinheit Commander IV Abschlussbericht Ende.“

Franz Xavier hatte atemlos zugehört und versuchte, anhand der Ausführungen sich von den entstandenen Verletzungen ein Bild zu machen.

Was ihm aber nur zu einem geringen Teil gelungen war. Insbesondere überlegte er, was er unter „molekularen Verbindungen“ zu verstehen hatte und was genau mit seinem Gehirn passiert war interessierte ihn auf einmal ebenfalls brennend.

Erst jetzt realisierte er, dass die Stimme der Medoeinheit direkt in seinem Kopf gesprochen hatte, ganz anders als über den Nano Chip.

Franz Xavier fing an in sich hinein zu horchen.

Etwas klang in seinem Kopf, wie ein stetiges Rauschen eines Gebirgsflusses. Es war nicht unbedingt unangenehm, nur lästig.

Er konzentrierte sich stärker und versuchte dieses Geräusch zuerst zu verdrängen, was nicht funktionierte.

Dann ließ er sich von dem Rauschen führen, ließ sich auf der Oberfläche des Geräuschpegels mittreiben.

Er hatte die Augen wieder geschlossen und auf einmal wurde es trotzdem hell.

Es war eine andere Helligkeit, als wenn er durch seine Augen sah. Er spürte mehr als er sah und traf auf einen Widerstand, der eine klare Struktur hatte.

Seine Gedanken wurden zäh wie Brei und so etwas wie Kontur schälte sich aus der Helligkeit und schien sich zu verfestigen.

Ich beobachtete Fuller und seine kleine Tochter Meradis auf dem Scape Deck bei einer merkwürdigen Tätigkeit.

Sie versuchten sich gegenseitig zu verstecken und gleichzeitig zu suchen. Ein merkwürdiges Verhalten für Intelligenzwesen.

Ich glaube gehört zu haben, dass sie es Versteckspielen nannten.

Das Scape Deck war natürlich auch dafür prädestiniert. Es war einer Landschaft, die einer Region auf dem Planeten Erde nachgebildet war und umfasste genau zweihundertsiebzig Hektar Gesamtfläche, mit dem Teich, einem Waldgebiet, Felsformationen und Grasland.

Über allem erstrahlte ein wolkenloser, blauer Himmel, in der die Kunstsonne überhaupt nicht künstlich wirkte.

Ich hatte mich fast selbst übertroffen, als ich diesen Freizeitpark kurz nach dem Abflug vom Trabanten des blauen Planeten Erde kreierte.

Ein Zupfen aus den Intern Speichern meines Egobereichs ließ mich erstaunt in der Betrachtung aufschrecken.

Das Gefühl einer fremden Gedankenwelt in mir wurde immer stärker.

Erstaunlich, so etwas hatte ich in den letzten eintausend Jahren Subjektivzeit noch nicht erlebt.

Versuchte hier jemand oder etwas mich zu manipulieren. Mein sofort aktiviertes Analyseprogramm mit integrierter Viren- und Trojanerabwehr wurde jedoch sofort durch einen internen Vetoüberrangbefehl der Medoeinheit wieder gestoppt.

„Eingriff kann nicht gestatte werden, da sonst sich die im Aufbau befindliche Kontaktstruktur nicht ordnungsgemäß entwickeln kann und es im Worst Case zu einer disharmonischen Zerfallserscheinung kommen könnte, die einen erneuten Aufbau aufgrund Altlasten nicht mehr zulassen würde."

Natürlich verstand ich sofort um was es hier eigentlich ging.

Der Kommandant Franz Xavier Steinbauer war zu sich gekommen.

Die notwendig gewordene Operation an seinem durch den Beschuss mit einem Implosionswerfer stark beschädigten Hinterkopfes hatte es notwendig gemacht, dass ein so genanntes zerebrales Interface mit online Modus zu mir, biochemisch mit einem Teilsektor seines Stammhirns, verbunden und geschaltet werden musste.

Diese Maßnahme war unbedingt notwendig geworden, nachdem ein wichtiger Teil seines Gehirns irreparat geschädigt und sogar teilweise zerstört worden war.

Nunmehr übernahm ich, der Raumzyklon MATARKO einige unabdingbare Gehirnfunktionen von Franz Xavier gewissermaßen im Online Verfahren. Im Gegenzug hatte er natürlich Zugriff auf viele meiner Programme und Steuereinheiten.

Leider gab es da noch eine nicht gerade positive Entwicklung.

Franz Xavier war zwar am Leben und konnte auch weiterhin ohne sonderliche Einschränkungen wie bisher existieren, aber es verblieb doch ein Handicap.

Durch die besondere Art der geistigen Verschmelzung war es ihm nicht mehr möglich, weiter als 250 Kilometer von mir getrennt zu sein.

Sollte es trotzdem geschehen, würde sein Gehirn alle Funktionen einstellen und der Körper hätte dann keine weiteren Überlebenschancen mehr.

Davon wusste Franz natürlich noch nichts, als er jetzt wahrscheinlich mehr unbewusst als bewusst versuchte, in meine Speicher und Peripherieprogramme herumzugeistern, und das im wahrsten Sinne des Wortes.

Ich ließ es geschehen und wich ihm mit meiner geistigen Präsenz erst einmal aus.

Er sollte nicht schon sofort wieder in eine neue psychische Stresssituation schlittern.

Dazu gab es in genau einen Tag, elf Stunden, fünf Minuten noch genug Gelegenheit, nach seiner relativen Genesung.

Er stand wieder einmal nackt vor der Wanne, in welcher gerade das Genesungsbad abgesaugt wurde und die Gravoleine stabilisierte seinen Kreislauf.

Vor Franz Xaviers Augen schwankte die Umgebung und ihm war schweineübel.

Er hatte Zeit, seinen Körper genau zu betrachten. Er konnte keine wirklichen Narben noch Verbrennungen feststellen.

Das merkwürdige Rauschen in seinem Kopf war jedoch geblieben.

„Willkommen zurück in der Welt der Lebenden", erklang da die Stimme des Schiffes über die Wandlautsprecher.

„Ich freue mich, dass Sie offensichtlich vollkommen genesen sind, Kommandant."

Er lächelte. Etwas dröhnte, wie eine Rückkopplung bei einem alten Sprachapparat, wenn man zu nahe an einen Sender kam. Franz griff sich an den Kopf.

Weiße Schlieren zogen durch sein Gesichtsfeld, oder er meinte es jedenfalls.

„MATARKO, irgendetwas läuft falsch mit mir. Ich benötige dringend Informationen über den genauen

Hergang der Abläufe und Ereignisse seit meiner..., meines Unfalls!"

Was sonst war es gewesen, als er versehentlich in den Schuss gelaufen war.

„Wo befindet sich Fuller in diesem Augenblick?"

„Der stellvertretende Kommandant befindet sich mit seiner Tochter Meradis auf dem Erholungsdeck."

Franz sah auf. Das war ganz was Neues, Fuller und sein Stellvertreter.

Und er hatte eine Tochter.

Das musste das kleine Mädchen gewesen sein, das er damals auf dem Markt neben ihm stehen sah.

„Ich werde ihn gleich nachdem ich mich angezogen habe aufsuchen. Wo befindet sich das ominöse Erholungsdeck, von dem ich bisher nichts wusste?"

„Das Scape Deck liegt direkt neben den ersten Mannschaftsunterkünften auf Ebene Delta 8. Ich schicke ihnen einen Wegweiser."

Seit Franz Xaviers so genannten Unfalls waren zehn Tage vergangen.

Etwas unbeholfen und noch immer nicht ganz fit auf den Beinen, trotz stetiger Muskelanimation während der letzten Tage im Genesungsbad, waren seine Bewegungen nicht ganz flüssig, stand er vor dem Scape Deck.

Das Doppelschott öffnete sich mit einem leisen Zischen. Vor Franz Xavier breitete sich ein Areal aus, das so überhaupt nicht zu dem Inneren eines Kampfschiffes zu gehören schien.

Es sah eher nach einem Naturerholungsgebiet auf der alten Erde aus.

Die grüne Wiese, der kleine Fluss und der Wald im hinteren Viertel wurden durch eine helle Sonne im wolkenlosen Himmel beschienen.

Vögel zwitscherten und es war ihm sogar, als hätte er einen Feldhasen ins nahe Gestrüpp verschwinden sehen.

Lautes Kindergeschrei drang zu ihm und er konnte doch tatsächlich Fuller und die kleine Meradis im nahe gelegenen Teich planschen sehen.

Franz ging langsam auf die beiden im Wasser Tobenden zu.

„Hallo Fuller, Sie scheinen Spaß zu haben."

Er schaute von ihm zu Meradis, die ihren Vater gerade mit Händen und Beinen bespritzte.

Fulivieraus Lenktarotumiliteis, genannt Fuller aus dem Geschlecht der Tumiliteiscund, zuckte leicht zusammen, als er im Rücken die Stimme von Franz Xavier vernahm. Langsam drehte er sich um.

„Mein Freund Franz Xavier. Endlich sehe ich Sie wieder."

Er stampfte langsam aus dem Wasser auf ihn zu.

Dabei bemerkte Franz irritiert, dass er überhaupt keine Kleidung trug.

Als er vor ihm stand, schaute Fuller ihn zuerst etwas ängstlich, und so kam es ihm noch vor, suchend an.

Dann mit einer einzigen Bewegung umarmte Fuller ihn.

„Das werde ich Ihnen ein Leben lang nicht vergessen, ein Leben lang. Und erst Recht Meradis nicht."

Er rief sie zu sich und als die Kleine neben ihnen stand sagte Fuller: „Das ist der Mann, von dem ich dir erzählt habe. Er hat uns beide gerettet!"

Jetzt wurde Franz Xavier tatsächlich verlegen.

„Genau das ist es, weswegen ich mit Ihnen sprechen muss. Können Sie für mich einen Augenblick Ihrer Zeit erübrigen?"

Fuller schnappte sich das Tuch, das vor ihm auf dem Boden lag und begann seine Tochter trocken zu reiben.

„Natürlich, sofort, sogleich."

„MATARKO hat mir berichtet, dass es nicht so einfach war, die Verletzungen zu behandeln."

„Ich hoffe, es funktioniert alles so, wie geplant!"

Fuller sprach während er sich anzog.

Jetzt war es Franz Xavier, der nicht mehr mitkam.

„Wieso, was sollte nicht richtig funktionieren?"

Das Rauschen in seinem Schädel wurde kräftiger und dann gab es eine Rückkopplung indem ein Teil seiner Gedanken in modifizierte Form zurückgeworfen wurden und ein neuer Gedanke, beziehungsweise eine andere Stimme in ihm aufklang: „ Franz Xavier Steinbauer, ich grüße Sie im neuen Verbundsystem unser beider Leben. Kommen Sie und folgen Sie mir durch meine Haupt- und Peripheriesysteme, durch die Programmspeicher und historischen Daten einer einst hoch stehenden Rasse. Folgen Sie mir, dem Raumschiff MATARKO!"

Franz Xavier hatte sich auf den weichen Boden fallen lassen, als in seinem Kopf eine neue Welt zu explodieren schien.

Sein geistiger Horizont wurde auf einer Art und Weise erweitert, die seine normalen Augen wie Anhängsel erscheinen ließen.

Er befand sich mit einem mal mitten im Schiff, er bewegte sich geistig durch die ‚Gänge und ‚Flure' einer elektronisch, digitalen Technik, die immer wieder neue Wunder erahnen ließen.

Er wurde zum Schiff MATARKO und gleichzeitig hatte er zu ihm Kontakt.

„Was bedeutet das alles?"

MATARKO klärte ihn auf. Es erzählte Franz Xavier schonungslos von der neuen Art seiner Existenz, der Verschmelzung mit ihm, dem Raumzyklon.

Als die Sprache auf die 250 Kilometer Demarkationslinie kam, war Franz zunächst mehr als erschüttert.

Er ließ sich einfach aus der jetzt aktiven Interfaceverbindung zu MATARKO fallen und blickte in die besorgten Augen von Fuller und Meradis.

„Was ist mit ihm? Ist er krank?"

Meradis sah ihn mit ihrem kindlich besorgten Blick an, dass Franz Xavier vollends auf sehr einfacher Art von seinem beginnenden Selbstmitleid abgelenkt wurde.

„Nein, ich bin nicht wirklich krank. Nur fühle ich mich auch noch nicht wirklich gesund", sagte er und blickte dabei von dem Mädchen zu Fuller auf.

Fuller hielt ihm den Arm hin und Franz zog sich daran hoch.

Die Verbindung zu MATARKO war unterbrochen und Franz vernahm wieder das Rauschen in seinem Kopf.

Mit der Hand befühlte er seinen Hinterkopf, konnte aber bis auf die kahle Stelle nicht wirklich etwas feststellen.

Meradis nahm seine Hand in die Ihre und fragte: „Bist du traurig?"

Dabei schaute sie ihn mit ihren großen Kulleraugen besorgt an.

„Nein, keine Angst, kleines Mädchen. Es wird alles gut. Kommt ihr beiden, wir werden in der Kantine zusammen einen großen Kuchen essen. Ich feiere heute einen neuen Geburtstag und ihr seid dazu eingeladen."

Er nickte ebenfalls Fuller zu.

„Lasst uns gehen."

Franz Xavier hatte akzeptiert, was mit ihm geschehen war. Er war ein rein logisch denkender Mensch; schon immer gewesen. Was nicht mehr abänderbar war, musste man akzeptieren. In dieser Beziehung war er sehr geradlinig.

Das Raumschiff MATARKO befand sich noch immer im Saran System.

Es hatte einen engen Radius um die Sonne eingeschlagen. Als Franz Xavier die Brücke betrat und langsam auf den Sitz des Kommandanten zuging, schien es sehr still in der Schiffszentrale zu sein.

Die sonst mit einem Minimum an Lautstärke arbeitenden Maschinen und deren Redundanzsysteme, die normalerweise immer ein leises Summen von sich gaben, schienen die Luft angehalten zu haben.

Oder sie hatten ihren Dienst kurzfristig eingestellt.

Oder aber Franz Xavier bildete es sich alles nur ein.

Als er auf dem bequemen Sessel Platz genommen hatte, meldete sich MATARKO: „Ihre Befehle, Kommandant!"

„Wir verlassen die Sonnenkorona und nehmen Kurs auf die Raumstation ‚Patriarch SPORATA'.

Ich denke wir sollten das Erfrinden Raumschiff, das wir noch an Bord haben, reparieren lassen."

Damit meinte er natürlich das Schiff von Fuller, das einem hinterhältigen Anschlag zum Opfer gefallen war.

Der Zentralbildschirm schaltete sich ein und Franz Xavier starrte schweigend auf das gleißende Flimmern von unzähligen Sonnen, die mitten in der tiefen Schwärze des Raums standen.

Unbewusst nahm er über das Interfaceprogramm in seinem Kopf Kontakt mit der hyperdimensionalen Scan Sensorik auf und lauschte den einfallenden Klängen des Alls.

Die Scan Sensorik des Schiffes kontrollierte ständig die weitere Umgebung im Umkreis des Schiffes nach möglichen Fremdimpulsen, um einer möglichen Gefahr rechtzeitig entgegenwirken zu können.

Nun hatte Franz Zugang zu aller Schiffstechnik und das sogar in Onlinemodus, was in seinem Geist zu leicht eintretenden Verwirrungen beitrug.

So direkt und gefühlsstark hatte er den Weltraum noch niemals wahrgenommen.

Er hatte die Augen geschlossen und horchte hinaus.

Erst das grelle Aufblitzen in einigen Lichtjahren Entfernung ließ ihn zusammenzucken und sich aus seiner Konzentration lösen.

„MATARKO, was war das?"

Er wusste, dass das Schiff genau die gleiche Wahrnehmung hatte, wie er.

„Es handelt sich um sehr regelmäßig eintreffende Signale. Um eine genaue Bestimmung über Art und Umfang machen zu können, müssten wir näher heran."

Franz Xavier überlegte nicht lange. Er hatte während seiner neuen Möglichkeiten der Wahrnehmung

irgendwie hierbei auch ein Bedürfnis gespürt, der
Sache auf den Grund zu gehen.
„MATARKO, wir ändern die Flugrichtung und setzten neuen Kurs auf dieses Signal."
Die mächtigen Antriebsaggregate des Schiffs verän-
derten den Vektor der Flugrichtung und reduzierten
dabei die Geschwindigkeit auf knapp Überlicht.
Franz Xavier vollzog den Richtungswechsel online
mit und spürte gewisse Reibungskontakte an der Au-
ßenhülle des Schiffs.
MATARKO kam seiner Frage zuvor: „Was Sie hier
miterleben ist die sogenannte ‚Schwarze Materie' oder
auch ‚Schwarze Energie' genannt. Sie ist überall im
All zu finden und wird als Voraussetzung für das
Bestehen unseres bekannten Raum Zeit Kontinuums
angesehen. Ebenso hält sie alle bestehende Materie
am Existieren.
Durch den Richtungswechsel innerhalb der Raumverwerfung unserer Überlichtgeschwindigkeit hat
meine Masse diese Grundbausteine des Universums
in Schwingung versetzt. Nichts Gefährliches. Jedenfalls ist mir hierrüber bis dato keine Gefahrsituation
bekannt geworden."
Franz hatte den Ausführungen des Schiffes in seinem
Kopf ruhig gelauscht. Er machte sich so seine eigenen
Gedanken.
Noch war ihm das alles sehr neu und sein menschli-
cher Verstand benötigte Zeit, es zu verkraften.
Die MATARKO ging auf Unterlichtgeschwindigkeit,
als die Impulse sehr stark wurden und der Ausgangspunkt in unmittelbarere Nähe zu sein schien.
Vor ihm tat sich ein fremdes Sonnensystem auf.

Anweisung an Scan Sensorik", dachte Franz Xavier über den online Modus.

„Sorgfältig darauf achten, ob diese Sonne Planeten besitzt. Das Schiff wird in einer mittleren Sonnenentfernung von etwa hundertachtzig Millionen Kilometern zum Stillstand kommen. Antigravitationsfeld wird aufgebaut! Wir werden die Sonne einmal umkreisen."

Er fing an sich an die bequeme Art der direkten Kommunikation mit den einzelnen Schiffsbereichen zu gewöhnen.

Der mächtige Schiffskörper spie rote Glut aus den Gegenschubaggregaten, als er mit der Geschwindigkeit herunter ging.

Keine Minute später bekam Franz bereits die Meldung der Astro-Intern Sensorik.

Demnach wurde ein großer Himmelskörper gesichtet, der zweifellos die Sonne umlief.

Er kam soeben hinter der Sonne hervor, weshalb er jetzt erst erkannt werden konnte. Das Bild des ausgemachten Planeten wurde auf die große Zentralbildfläche gelegt.

Er erschien als hell leuchtender Punkt, der keineswegs größer sichtbar wurde als die unzähligen Sterne. Dicht neben ihm strahlte die glühende Masse der unbekannten Sonne.

„Scan Sensorik an Kommandanten: Peilergebnis besagt, dass sich der Verursacher der angemessenen Impulse auf dem Himmelskörper befinden muss. Lautstärke ist jetzt konstant. Fehlerquote der Messung gleich Null.

Mittlere Abstand zwischen der Sonne und dem Planeten hundertzehn Millionen Kilometer.

Bahngeschwindigkeit des Planeten 30,5 Kilometer pro Sekunde. Wir nähern uns auf gegenläufigen Kurs. Distanz zwischen uns und dem Himmelskörper ändert sich mit Werten von 5034,4 km/sec. Augenblickliche Entfernung knapp einunddreißig Millionen Kilometer."

Franz genoss sichtlich die direkte Kommunikation und konnte sich jetzt auch viel besser vorstellen, wieso ein solches Riesenschiff, wie die MATARKO, ganz ohne Besatzung gesteuert werden konnte.

Er wusste aber auch aus den Schulungsprogrammen, dass keines der 98 Beiboote über solch eine eingebaute Technik verfügte.

Hier war eine Mindestbesatzung von fünf Crewmitgliedern notwendig, um die wichtigsten Schiffsabteilungen zu besetzen, damit das Schiff flug- und steuerfähig wurde.

Bereits Augenblicke später flammte es am Bug Wulst auf. Die MATARKO wurde hart herumgerissen.

Blutrot zuckten die Kontrolldisplays und auf der Bildfläche wurde der Planet immer deutlicher sichtbar. Langsam wanderte er ins Zentrum ein.

Franz Xavier dachte daran, die Fahrt des Schiffes wieder zu erhöhen, unterließ die Maßnahme aber, um der Astro-Intern Sensorik Gelegenheit zu geben, den Himmelskörper genauer zu untersuchen.

Nur kurz schaltete er sich in den Datentransfer ein. Die Ströme der eingelesenen Informationen waren jedoch zu abstrakt, als dass er damit etwas hätte anfangen können.

So wartete er lieber auf die Dechiffrierung durch die Subprogramme. Das Schiff schoss nun mit einer Eigengeschwindigkeit von 5000 km/sec auf den

Himmelskörper zu, auf dem sich zweifellos der ausgemachte Sender befinden musste.

Gerade als Fuller in der Zentrale erschien, meldete MATARKO höchste Alarmbereitschaft.

Ein ohrenbetäubendes Sirenengeheul untermalte die Wichtigkeit. Fuller erfasste sofort die Situation, die auf dem Hauptbildschirm sichtbar wurde.

„Hinter uns ist ein riesiges Schiff aus dem Überlichtraum gefallen."

Mehr sagte er nicht, doch Franz ahnte, dass es jetzt darauf ankam.

Als die Scan Sensorik das Fernbild endlich klar sichtbar lieferte, erschien auf der Sichtfläche ein Schiffsgigant von solchen Ausmaßen, dass Franz nervös mit den Augen zwinkerte.

Dagegen war die MATARKO ein Nichts. Entsetzt starrten sie auf das eingeblendete Bild des Schiffes, das mit unheimlicher Fahrt herangejagt kam.

Sala'hmantra ver T'hale saß im Konferenzraum des mächtigen Kristallschiffs ROSE VON SAH.

Alle fünf Kapitäne der Begleitschiffe sowie der Kommandant des Kristallschiffes Per Maris waren anwesend.

„Meine Herren Schiffskapitäne, es ist mittlerweile eindeutig beweisen, dass es sich um Sabotage handelt. Die Ausfälle am Raumantrieb, der uns letztlich dazu zwang, hier auf diesem ungastlichen Planeten Notzulanden, waren bewusst und vorsätzlich herbeigeführt worden.

Nun habe ich von dem Analyseteam, das sich noch in der Antriebssektion befindet, die Meldung bekommen, dass zwei Nahkraft Sprengkörper gefunden und entschärft worden sind."

Es setzte ein allgemeines Murmeln ein.

„Die Sprengkraft hätte genügt, um das ganze Schiff in ein Chaos zu stürzen, bevor es dann auseinander gerissen worden wäre."

Sie schaute mit erhobenem Haupt in die Runde der Anwesenden.

Als Niemand reagierte, haute sie mit der Faust auf den Tisch: „Ich will wissen, wer dafür verantwortlich ist und warum er es getan hat. Galt dieser hinterhältige Anschlag lediglich meiner Person oder unserer Mission. Ich habe mich wohl klar ausgedrückt."

Per Maris war der einzige, der sie direkt ansah.

„Mit Verlaub, Prinzess, wie sollen meine Männer das im Nachhinein herausfinden. Wäre der Anschlag gelungen, wären wir mit hoher Wahrscheinlichkeit alle Tod oder schwer verletzt. Ich glaube nicht, dass der Attentäter noch hier auf dem Kristallschiff weilt."

Er machte eine Geste der Unentschlossenheit.

„Kann es sein, dass er sich auf einem der anderen Schiffe versteckt hält?"

Die anwesenden Kapitäne sprachen ansatzlos durcheinander.

Kapitän Sleiko fasste es in Worte, was alle anderen ebenso dachten: „Unsere Crew hat keine Neuzugänge zu verzeichnen. Es sind alles alte und bewährte Krempen, auf die man sich vollsten verlassen kann. Nicht umsonst wurden sie für Ihre Eskortierung gewählt. Ich halte es für ausgeschlossen, dass der oder die Attentäter sich auf einer unserer Schiffe aufhält."

Er war aufgestanden und setzte sich wieder unter leisen Beifallsbekundungen seiner Kollegen.

„Wie dem auch sei, wir werden nicht Drumherum kommen und einen Notruf abzusetzen. Es fehlen definitiv spezielle Kristalle zur Energie- Umformung und Weiterleitung, die wir mangels Ersatzteile nicht austauschen können."

Sala'hmantra ver T'hale, das gewählte Oberhaupt des Zweiplanetensystems Sah wollte gerade zu weiteren Ausführungen ausholen, als das Schott des Besprechungsraums aufgerissen wurde und ein etwa acht jährige Junge hereingerannt kam.

Er stürmte an den Sitzenden vorbei ohne sie zu beachten und lief gradewegs auf die Prinzessen zu.

„Markan, du kannst nicht einfach so hier hereinstürmen und unsere Unterredung stören. Es ist unhöflich."

Markan war vor deiner Mutter stehengeblieben und blickte sie wütend an.

„Mutter, sagen Sie, haben Sie den Automodus meiner Raumschiffspezialeinheit blockiert? Ich wollte gerade die Schlacht um Zcefield nachspielen und die Comp Einheit hat mir einen Blockierungscode übermittelt."
Er blitzte sie böse an.

„Markan, das gehört jetzt überhaupt nicht hier her. Aber du hast Recht. Ich habe es unterbunden, dass du das Innerer unseres Schiffes nicht als Kriegsschauplatz deiner Spiele missbrauchst.

Du weißt genau, dass diese kleinen Weltraumschiffe mit Nadellaser ausgerüstet sind, die unbeaufsichtigt und in der automatischen Steuerung gefährlich werden können."

„Aber Mutter, diese Realitätsnähe ist doch gerade das Spannende daran. Außerdem passe ich schon auf."

„Wir sprechen später darüber, Screhn bitte geleite unseren Heißsporn aus dem Raum", sie hatte ihrer persönlichen Beraterin zugenickt, die am Kopfende des Tisches saß.

Die Prinzessin war Regentin zweier Planeten und musste nach dem gewaltsamen Tod ihres Mannes die Regierungsgeschäfte mehr oder weniger alleine führen.

Und sie hatte es sogar geschafft, in nur wenigen Jahren einen wirtschaftlichen Aufschwung herbeizuführen, für die sie von vielen anderen Planetensystemen der Arabeiischen Allianz beneidet wurde.

Sie war von den Bewohnern der beiden Planeten Sarle und Sisker des Planetensystems der Sonne Sah deshalb für eine weitere Legislaturperiode gewählt worden.

Umso mehr ihre Erfolge diesbezüglich zunahmen, umso mehr hatte sie Probleme in der Erziehung ihres Sohnes.

Seit dem Tod seines Vaters hatte sie mehr und mehr den engen Bezug zu ihm verloren.

Ein kleines Hologramm erschien in der Mitte des Konferenztisches.

„Prinzessa, wir haben Weisungsgemäß ebenfalls die Überlichttriebwerke aller fünf Begleitschiffe überprüft. Leider ist es so, wie Sie es bereits befürchtet hatten. Auch hier sind alle Kristalle unbrauchbar gemacht worden."

Der Chief Technik schwieg kurz.

„Die gute Nachricht ist, dass wir keine weiteren Sprengsätze gefunden haben."

Das betretene Schweigen hielt genau fünfzehn Sekunden an.

Dann kam eine weitere Meldung: „ Die Raumortung meldet das Eintreffen eines Raumriesen von über 4000 Meter Größe. Erste Scan Impulse treffen den Planeten. Unsere Deflektorschilde absorbieren jedoch die auftreffenden Impulse."

Sala'hmantra ver T'hale war während dieser Meldung aufgestanden und stützte sich mit einer Hand am Tisch ab.

„Das fremde Schiff wird unseren Notruf empfangen haben. Schalten Sie die Schilde ab, lassen Sie aber das energetische Schutzfeld weiter bestehen. Sie meine Herren starten sofort mit Ihren Schiffen und schaffen einen Schutzring um das Kristallschiff."

„Achtung, dringende Durchsage", wurde sie unterbrochen.

Ein neues Hologramm des diensthabenden Offiziers der Raumortung entstand: „Ein zweites, noch größeres Schiff ist im Anflug. Lieber Sostan, es handelt sich um einen kleinen Mond. Die Maße weisen einen Durchmesser von 6 Kilometer aus. Jetzt feuert dieser Gigant tatsächlich auf das zuerst eingetroffene Schiff. Ich schalte auf Visioübertragung.“
Die Wand hinter der Prinzessin wurde durchsichtig und verwandelte sich in einen Bildschirm.
Sie trat auf die andere Seite des Tisches und alle Anwesenden konnten das Geschehen live mitverfolgen.

MATARKO hatte von sich aus bereits alle drei Staffelschutzfelder hochgefahren.
Ohne Vorwarnung schossen lichtschnelle Strahlenfinger in das äußere Feld.
Der Hyperdim Schutzschirm strahlte sofort alle eintreffende Energie in eine künstlich erschaffene dimensionale Raumverwerfung ab. Automatisch schalteten sich weitere fünfundzwanzig Großkraftwerke in einer Verbundschaltung zusammen um den ungeheuren Energiebedarf zu decken.
Franz Xavier kappte geistesgegenwärtig seine geistige Verbindung mit dem Schiff und deaktivierte das Interface.
Ab jetzt vernahm er nur noch das bekannte Hintergrundrauschen.

Die auftreffenden lichtschnellen Photonenstrahlen hatten ihm nur kurz Schmerzen bereitet.

„Abschuss!" Der Befehl ging über das alte Gravo-Mikro an MATARKO.

Das Schiff wusste sofort was zu tun war. Aus den drei mittleren Werferkuppeln der MATARKO zuckten drei schlanke Körper, die aber nur für Sekundenbruchteile auf den Sichtflächen erkennbar waren.

Die drei MAT Kampfeinheiten schossen mit auf vollster Schubleistung laufenden Photonentriebwerken so schnell heraus, dass sie nur als eine Einheit kurz sichtbar waren, und dann war auch die verschwunden.

Mit unheimlicher Präzision gesteuert von den Waffenleit-Sensorik, rasten die Fernkampfgeschosse auf den herankommenden Riesen zu, während die gegenseitige Annäherung mit fast 75 Prozent der Lichtgeschwindigkeit erfolgte.

Währenddessen hatte das angekommene Riesenschiff drei kleinere Schiffe ausgeschleust, die sich bereits in der Stratosphäre des Planeten befanden und wie die Astro-Intern Sensorik jetzt meldete, ebenfalls mit gebündelten Strahlen ein Ziel auf der Planetenoberfläche angriffen.

Das Riesenschiff, das nach der eingehenden Meldung der Scan Sensorik eine Größe von 6 Kilometer hatte und eine Kugelform auswies, hatte die MATARKO bereits überholt, als ein glühender Ball genau in seiner Flugrichtung aufzuckte.

Er dehnte sich nach allen Richtungen aus und in Gedankenschnelle flammte im interplanetarischen Raum der fremden Sonne eine neue Sonne auf.

Der Angreifer konnte bei seiner hohen Geschwindigkeit nicht mehr rechtzeitig ausweichen und raste direkt in die aufflammende Hölle hinein, in deren Zentrum Temperaturen bis zu vierzig Millionen Grad herrschten.

Franz sah, dass sich der ohnehin schon gigantische Gasball plötzlich noch weiter aufblähte.

Vergeblich wartete er auf das Erscheinen des fremden Schiffes, und das sagte ihm alles.

Erschreckend fuhr er sich über die schweißbedeckte Stirn und schaute auf die von dem Schiffshirn reaktionsschnell abgedunkelte Bildfläche, da diese sonst in einer unerträglichen, blendenden Helligkeit erstrahlt hätte.

„Du liebe Zeit, was war das für eine Waffe?" Fuller war ebenfalls sichtlich zusammengezuckt.

„Die MAT Kampfgeschosse bedienen sich der schwarzen Energie, beziehungsweise destruktiveren deren Verbindung zum normal Universum innerhalb einer tausendstel Sekunde.

Es gibt, meiner Kenntnis nach, derzeit keine wirkliche Schutzmaßnahme dagegen, da sämtliche energetischen oder festen Felder automatisch als Katalysator mit in den spontanen Auflösungsprozess eingebunden werden. MATARKO Ende."

Fuller lauschte noch dem letzten Worten nach, hatte aber nicht wirklich verstanden.

„MATARKO, Kurs auf den fremden Planeten."

„Kurs liegt an. Achtung, ich messe fremde Schiffe auf der Oberfläche des Planeten an. Fünf kleinere Einheiten starten soeben und ein etwas größeres Schiff, das auf der Oberfläche verbleibt.

Die drei ausgeschleusten Einheiten des vernichteten Schiffes werden in ein Gefecht mit den gestarteten fünf Schiffen verwickelt. Ein Schiff, nein zwei Schiffe verglühen in auftreffenden Energiestahlen der Angreifer."

Franz wagte es nicht, sich über die Interface Schnittstelle mit MATARKO zu verbinden, jedoch klinkte er sich in die Scan Sensorik ein.

Die Entfernung zum Kampfgeschehen und damit dem Planeten war auf eintausend Kilometer geschrumpft.

Die MATARKO stürzte sich mit all ihrer Kraft und Gewalt von 4800 Kilometer Länge in die Atmosphäre.

Ein riesiger Feuerball ging ihr voraus und die Luftverdrängung und Ionisierung erschütterte die Schiffszelle.

Laserstrahlen von der Größe eines Kleinwagens zuckten aus auf fünfundzwanzig Zwillingslafetten montierten Laserstrahlgeschützen, was für die MATARKO ein volles Breitseitengefecht bedeutete.

„Anruf über Ultrakurzwelle mit Videoeinsicht", kam die Mitteilung des Schiffes.

In der Schiffszentrale konnte man eine Stecknadel fallen hören, so still war es geworden.

Das Gefecht, welches detailgetreu auf dem großen Zentralbildschirm ablief, war natürlich ebenfalls lautlos und schien weit weg zu sein.

Die Energiefinger, der in Pulsationsfolge gesteuerte und abgefeuerten Zwillingslafetten trafen in einer unregelmäßigen Folge auf die drei angreifenden Einheiten, zerfetzten ihre Schutzfelder und brachten sie in sekundenbruchteilen hintereinander zur Explosion.

Eines der letzten drei Verteidigungsschiffe flog selbst bereits angeschossen, in die expandierenden Gaswolken der Abschüsse und torkelte schwer beschädigt auf ein Felsmassiv des Planeten zu.

Franz Xavier ignorierte den eingehenden Anruf und konzentrierte sich jetzt doch stärker auf seinen Intern Modus zum Schiff.

Er fing das Schiff, das sich noch immer im Sinkflug befand, ab und steuerte es mit Unterstützung durch das Schiffshirn MATARKO auf das brennende Schiff zu, das kurz vor der endgültigen Vernichtung stand.

Er aktivierte den Gravostrahl und ließ ihn sich um das torkelnde und nicht mehr steuerbare Raumschiff legen.

Dessen Fahrt wurde auf null aufgehoben und wie bereits damals auch mit Fuller Schiff geschehen, in eines der Hangars gezogen.

Franz öffnete die Augen, er hatte bei diesen Arten von Schiffkontakt die Augen immer geschlossen, blickte sich kurz um und stand auf.

„Fuller, bitte begleite mich in den Hangar zu dem eingeschleusten Schiff."

„Löscharbeiten abgeschlossen. Bis zu Ihrer Ankunft im Hangar XI ist die Evakuierung und der Austausch der verseuchten Atmosphäre ebenfalls abgeschlossen. MATARKO Ende."

Das Schiff hatte Franz Xaviers Tun bereits vorausgeahnt oder berechnet.

Eine Funkverbindung zu dem eingeschleusten Schiff schien nicht möglich zu sein.

Anhand der Scans konnte man es auch nur noch als Wrack bezeichnen.

Mit Franz und Fuller betraten ebenfalls zehn Medoeinheiten den Hangarbereich. Spezialroboter waren
bereits dabei, die Schiffshauptschleuse gewaltsam von
außen zu öffnen.
Mit gemischten Gefühlen sah Franz ihrem Tun zu. Er
stand keine zwanzig Meter vor der Gravohalterung,
die das Schiff in der Waagerechten hielt und wartete,
bis sich der energetische Steg aufbaute.
Die Luft flimmerte vor ihm und Fuller leicht und zeigte, dass MATARKO kein Risiko einzugehen bereits
war.
Das Schutzfeld würde einem versehentlichen Angriff
standhalten.
Als das Teilstück des Schotts nach innen fiel, wartete
Franz und war gespannt, wie sich die Crew verhalten
würde.
Hatte sie erkannt, dass er nur helfen wollte?
Es dauerte geschlagene fünf Minuten, bis der erste
Kopf in der aufgebrochenen Außenluke erschien.
Es waren drei Soldaten, die mit erhobenen Händen
und ohne sichtbare Waffen auf den mittlerweile auf-
gebauten Steg traten und sich umschauten.
Sie waren absolut humanoid.
Als sie Franz und Fuller sahen, blieben sie stehen.
„Kommen Sie ruhig herunter. Wir sind nicht Ihre
Feinde. Im Gegenteil, wir sind gekommen, weil wir
einen Notruf empfangen haben.“
Sie winkten, als hätten sie ihn verstanden. Zwei Mann
gingen den Steck hinunter und der dritte verschwand
wieder im Schiff.
Franz Sprach weiter und wusste, dass MATARKO
übersetzte. „Wir sind genauso von dem Überfall des
großen Schiffes überrascht worden, wie Sie.“

Mittlerweile standen die beiden vor ihm und musterten ihn erstaunt.

„Sie haben uns nicht angegriffen?"

Die Frage war mehr als naiv.

„Natürlich nicht. Wie sieht es mit Verletzten aus. Wir sollten zuerst an sie denken und dann weitere Gespräche führen."

Franz deutet auf die zehn Medoeinheiten.

Die beiden Männer schienen unentschlossen. Dann bekamen sie aber über Helmfunk klare Anweisungen.

„In Ordnung. Ich werde Sie begleiten. Restahl, sie bleiben hier", damit meinte er seinen Kammeraden.

Zusammen mit den zehn Medorobotern rannte er jetzt doch den Steg hinauf. Er schien es mit einem Mal richtig eilig zu haben.

Die Medoeinheiten hielten ohne Probleme mit.

Fuller und Franz Xavier sahen ihnen nach. Rauch schlug aus der Wandungsöffnung des Wracks.

„Ich gehe hinein."

Mit einem Blick auf Fullers zwei umgeschnallten Gürtel mit den Handfeuerwaffen sagte Franz: „Du siehst etwas zu kriegerisch aus, um mitzukommen. Bitte halte hier die Stellung."

Ohne sich weiter um den verdutzt dreinschauenden Freund zu achten, ging Franz Xavier zusammen mit Restahl den Steg hinauf und schwang sich in die gewaltsam aufgebrochen Außenwandöffnung hinein.

Starker Rauch und stinkende Luft kam ihm sofort entgegen.

Nach einigen Metern kam er sich bereits vor, als würde er in die leibhaftige Hölle hinuntersteigen. Es war sehr heiß, kleinere Flammen züngelten an mehreren Stellen und Feuer brannten in jedem Raum, durch den er kam. Restahl, der eben noch neben ihm gestanden hatte, war verschwunden.

Überall lagen zerplatzte Geräteteile herum. Er passierte deformierte Wände und kam an Schotten vorbei, die zum Teil herausgerissen aus ihrer Verankerungen, an einer ganz anderen Stelle lagen.

Mehrmals hechteten Männer mit mobilen Löscheinrichtungen an ihm vorbei, kümmerten sich aber nicht weiter um ihn.

Dann hörte er eine befehlsgewohnte Stimme Anweisungen rufen. Mitten in zerstörten Einrichtungsteilen stand ein Mann und gab Befehle.

Auf dem Boden vor ihm lagen zwei Verletzte, die bereits durch eine Medoeinheit versorgt wurden.

In einem Zwischenschott hing eine Frau. Sie war von dem anscheinend zufahrenden Schott eingeklemmt worden und war ohne Bewusstsein. Zwei ihrer Kammerden schnitten mit einem Plasmabrenner an dem Schott herum.

Zwei abkommandierte Meldegänger erhielten weitergehende Anweisungen von dem jetzt als Schiffkapitän erkennbaren Mann, während ein weiterer Soldat den Raum betrat, rannten sie schon wieder davon.

Jetzt bemerkte der Kapitän Franz Xavier, der sich zunächst ruhig verhalten hatte und nur beobachtete.

Über die am Boden liegenden Verletzten steigend, kam er auf ihn zu.

„Mit Verlaub, Sie sind der Commander des großen Schiffs, das uns zu Hilfe eilte, richtig. Mein Name ist Regal Saratis, Kapitän der KATO oder das, was einmal die KATO war!"

Franz Xavier schaute ihm offen entgegen.

„Franz Xavier Steinbauer, Kommandant des Raumzyklon MATARKO", entgegnete er.
„Ich hoffe, die von mit geschickten zehn Medoeinheiten sind ausreichend, um ihre Verletzten zu versor-
gen."
Die beiden am Boden liegenden Verletzten wurden
von zwei Medoeinheiten per Gravoleine stabilisiert.
„Die Verletzungen bedürfen einer stationären Weiter-
behandlung. Bitte treten Sie zur Seite. Der Abtrans-
port ist eingeleitet", kam die Aufforderung an die
beiden Männer, die vor dem zerstörten Schott standen.
Sie blickten sich nur kurz an und traten beiseite.
„Ich bin Ihnen wirklich sehr Dankbar für Ihre Bemü-
hungen. Ich hoffe, sie haben nicht zu große Unan-
nehmlichkeiten durch uns."
Franz schaut mit besorgter Miene den beiden Schwerverletzten nach, die in einer Gravo Trage abtranspor-
tiert wurden.
„Nach einer ersten Schätzung sind von meiner ur-
sprünglichen Besatzung von fünfundachtzig Männer
und Frauen noch achtundvierzig am Leben. Das ist
ein herber Verlust."
Er ging einem Meldegänger entgegen, der weitere
Nachrichten aus anderen Teilen des 120 Meter Schiffes brachte.
Nach wenigen Minuten wendete Regal Saratis sich
wieder Franz Xavier zu: „Ich fürchte, wir benötigen
nochmals zehn weitere Medoeinheiten. Es sieht nicht
gut aus."
Franz gab die Anweisung sofort über den Nano-Chip
an MATARKO weiter.

„Kein Problem. Ich denke das Schiff ist nur noch ein Wrack. Da lässt sich nichts mehr machen. Haben Sie einen Stellvertreter? Ich würde ihm gerne die bereitgestellten Unterkünfte auf der MATARKO zeigen. Ich nehme an, Sie werden Ihr Schiff jetzt noch nicht verlassen wollen!"

„Ja, Sie haben Recht."

Er schaute sich um und wollte gerade nach der Bord zu Bord Komp Sprechanlage an der linken Wandfläche greifen, als ihm einfiel, dass das Schiff keine Energie mehr hatte. Irritiert sah er zu Franz. „Wenn ich ihn finde, werde ich ihn zu Ihnen beordern. Natürlich. Vielen Dank. Haben Sie schon mit unserer Regentin gesprochen?"

Jetzt war es an Franz, erstaunt zu sein.

„Nein, ist Sie denn ebenfalls auf diesem Schiff?"

„Das hätte noch gefehlt. Nein, sie ist noch auf dem Planeten im Kristallschiff, nehme ich jedenfalls an."

„Kontakt wurde etabliert und Informationen mit dem Kristallschiff ROSE VON SAH ausgetauscht. Übrigens ein hübscher Name für ein schönes Schiff!

Es ist sehr angenehm, mit Ihr zu kommunizieren. Das Areal lässt es zu, dass ich mich neben ihr niederlasse. Korrektur, ich bin gerade im Landeanflug und setzte direkt neben der ROSE VON SAH auf. MATARKO Ende."

Etwas irritiert hatte Franz der Ausführung zugehört.

„Hast du ebenfalls Kontakt zu der Regentin aufgenommen?"

„Positiv, sie ist gerade persönlich mit einem Gravogleiter unterwegs zum Hangar XI. Ich öffne die Hangartore JETZT."

„Was ist mit Ihnen?"

Der Kapitän sah Franz besorgt an. Dieser hatte während des Gesprächs mit MATARKO einen starren, geradeaus gerichteten Blick gehabt.

„Ich bin in Kommunikation mit meinem Schiff. Entschuldigen Sie mich, Kapitän, aber anscheinend befindet sich Ihre Regentin auf dem Weg hier her."

Franz Xavier hustete kurz, als er von einer Wolke von Rauch überrollt wurde.

Auf dem Weg zurück wurde er zweimal von einer Medoeinheit mit lauter Stimme aufgefordert, beiseite zu treten und einem lebensnotwendigen Transport nicht zu behindern.

Dann war er draußen und ging den energetischen Steg hinunter. Von oben konnte er bereits Fuller erkennen, der immer noch an der gleichen Stelle stand, an dem er ihn verlassen hatte.

Nur, dass er jetzt sehr lautstark und wie es schien aufgeregt mit einer jungen Frau sprach.

Sie trug die gleiche, etwas schlichte Raumkampfmontur, wie die Soldaten und die übrige Mannschaft der KATO sie trugen.

Nur war sie bedeutend sauberer und die Metallbänder blitzten in der Deckenbeleuchtung des Hangars auf.

Ihr wellendes, brünettes Haar lag offen auf dem Montur Kragen. Mehrmals schnickte sie die Haare aus ihrem Gesicht, während sie Fuller aufmerksam zuhörte.

Dann war Franz Xavier unten angekommen und ging auf beide zu. Fuller bemerkte ihn als erstes.

„Kommandant, darf ich Ihnen die Prinzessin Sala'hmantra ver T'hale vorstellen. Sie ist die Regentin des Zweiplanetensystems Sah."

Er tat einen Schritt zur Seite, als Sala'hmantra sich umdrehte.

Mit fast feierliche Stimme sagte er: „Prinzessin, das ist der Kommandant des Sternenzyklons MATARKO, Franz Xavier Steinbauer.“

„Ich grüße Sie, Kommandant und bekunde mein Dank an Ihre schnelle und uneigennützige Unterstützung.“

Niemand bemerkte das kurze aufblitzen in den Augen der Prinzessin, als sie Franz Xavier anschaute.

„Ohne Ihr Eingreifen wären heute noch mehr Menschenleben zu beklagen.“

Franz deutete ein leichtes Kopfnicken an.

„Wie sagt man so schön, ich war gerade in der Nähe und hatte sonst nichts Weiteres zu tun.“ Er lächelte.

Innerlich hatte er sich bereits wegen dem letzten Satz abgemahnt, als die letzten Worte noch nicht ganz gesprochen waren.

„Was für eine blöde Bemerkung“, dachte er noch.

„Es freut mich, Sie kennen zu lernen, auch wenn der Grund etwas weniger erfreulich ist.“

Das war schon besser. Dann kam er direkt auf die Grundproblematik zu sprechen: „Können Sie sich vorstellen, wer Sie und auch mich sofort nach dem Überlichtflug hat angegriffen. Sind Ihnen die Raumschiffsformen bekannt und letztendlich, wieso wusste man von Ihrer Anwesenheit in diesem System. Ich dachte bisher, dass es mehr oder weniger eine Havarie Ihrer Schiffe gewesen war, die Sie hier hat stranden lassen!“

Prinzessin Sala’hmantra ver T’hale lächelte Franz an.

„Viele Fragen aber keine Antworten. Ich kann Ihnen leider keine weiterführenden Informationen liefern. Ebenso wenig ist uns die Form der Schiffe bekannt

noch lassen sie sich einem uns bekannten Volk zu-
rechnen.“

„Regentin!“ Regal Saratis, der Kapitän der KATO war
zu ihnen getreten.

„Das Ausschleusen der Crew ist abgeschlossen.“

Er drehte sich zu Franz Xavier um: „Leider ist auch
mein Stellvertreter unter den Opfern.“

„Ich habe die Außenmaße Ihres Schiffes bereits be-
staunt.“

Prinzessin Sala’hmantra wollte mehr über die MA-
TARKO wissen.

„Aber ich habe bisher noch niemand Ihrer doch sicher
großen Mannschaft gesehen. Haben Sie ein Geheim-
nis, Commander?“

Sie wirkte in ihrer Offenheit schon fast etwas naiv.
Franz Xavier blieb jedoch unnahbar, obwohl ihm das
bei ihr schon schwer fiel.

„Prinzessin Sala’hmantra ver T’hale, so ist doch Ihr
Name, richtig?“

Er wartete ihre Bestätigung erst gar nicht ab. „Ich darf
Sie und ebenso Kapitän Regal Saratis in den Bespre-
chungsraum bitten. Dich Fuller, möchte ich ebenfalls
dazu einladen. Es lässt sich dort einfacher sprechen.
Außerdem besteht auch die Möglichkeit, einen kleinen Imbiss zu sich zu nehmen.“

„Dann lasst uns keine unnötige Zeit verschwenden“,
Fullers Gesicht hatte sich bei dem Wort Imbiss erhellt
und er machte bereits Anstalten, den Hangar zu ver-
lasen.

„MATARKO, bereite bitte alles Notwendige vor.“
Franz hatte laut gesprochen und Sala’hmantra ver
T’hale sowie Kapitän Regal Saratis schauten etwas
erstaunt in seine Richtung.

„Ist bereits geschehen, Kommandant", kam die Bestätigung des Schiffes über Lautsprecher.

Die synthetische Stimme hallte noch nach, als sie bereits den Hangar durch das Hauptschott verlassen hatten.

Die kleine Konferenz dauerte vier Stunden und einundvierzig Minuten Erdenzeit.

MATARKO hatte alle Zeitmesser an Bord auf Erdzeitstandart umbauen lassen. Ob digital, analog oder holographisch entsprachen alle Anzeigen Franz Xaviers gewohntem Erscheinungsbild einer Uhr.

Es war eine sehr angenehme Unterhaltung. Sämtliche wichtige Informationen wurden offen ausgetauscht und mögliche Schlussfolgerungen bezüglich des Überfalls ebenso angesprochen, wie die persönliche Situation von Franz Xavier.

Prinzessin Sala'hmantra war besonders von seinem persönlichen Schicksal angetan.

Lediglich die besondere Verbindung zu MATARKO, die neu hinzugekommen war, blieb unerwähnt.

Franz bekam nähere Einsichten in die inneren Strukturen des Zweiplanetensystems Sah mit den Planeten Sarle und Sisker sowie ihrer Bewohner.

Schlussendlich war man soweit mit den Mutmaßungen angekommen, wie zu Beginn der Konferenz.

Franz letzte Frage war jedoch noch unbeantwortet geblieben: „Es gibt also auch eine gewisse Bevölkerungsschicht, die mit Ihrer Regierung und den sozialen Strukturen nicht einverstanden ist. Sie sagten, dass diese Unzufriedenheit auf Sisker ihren Ausgangspunkt hatte. Könnte hier ein Ansatzpunkt bestehen, die ein Attentat auf Sie oder auf Ihr Schiff wahrscheinlich erscheinen ließ?"

„So etwas Ähnliches hatte ich mir auch schon überlegt."
Fuller schluckte das letzte Stück Braten hinunter und schaute dabei auf den noch immer reichlich gedeckten Buffettisch.
„Ich glaube nicht, dass, egal welche oppositionelle Gruppe auch immer, jemand aus dem Volk es wagen würde, mit Mord und Totschlag seine Interessen durchzusetzten."
Um ihrer Meinung Nachtruck zu verschaffen, hieb die Prinzessin mehr unbewusst als bewusst mit der Faust auf den Tisch.
Dabei erwischte sie ein Sandwich, das im hohen Bogen in Fullers schnell ausgestreckten Händen landete.
Geistesgegenwärtig biss er herzhaft hinein und sagte: „Danke dafür." Alle fingen an zu lachen, ebenso die Regentin.
Als nächstes zeigte Franz anhand einer holografischen Bauzeichnung des Schiffes die Aufenthaltsräume, OP Räume, Kantinen, Fitnessmöglichkeiten, Krankenabteilungen und Mannschaftsunterkünfte.
Kapitän Regal Saratis kam aus dem Staunen kaum noch heraus. Als dann noch Videobilder des Scape Decks eingespielt wurden, konnte der Kapitän eine Frage nicht mehr unterdrücken: „Ist das hier ein Luxusschiff für reiche Fettbäusche oder ein Kampfschiff? Nehmen Sie es bitte nicht persönlich, aber solch eine verschwenderische Ausstattung kann es doch überhaupt nicht auf einem kampfstarken Raumschiff geben. Das Wiederspricht allen Regeln der Kampfstrategie und Leistungsfähigkeit."
Er schaute Beifall heischend die Prinzessin an.

In diesem Moment wurde das Eingangsschott mit Wucht aufgerissen und ein kleiner Roboter auf zwei walzenförmigen Gehwerkzeugen rollt herein, gefolgt von Meradis, Fullers kleiner Tochter.

„Du sollst mir nicht immer weglaufen, wenn ich dich neu steilen will."

Sie war noch voll in ihrem Element und bemerkte erst jetzt, dass sie nicht mehr alleine war.

„Meradis, was machst du wieder?"

Fuller war etwas nervös von seinem Sitzplatz aufgesprungen.

„Bitte störe jetzt nicht. Sei lieb und spiele wo anders, ja!"

Sie quiekte nur kurz etwas, was niemand verstand und huschte aus dem Raum, gefolgt von dem Roboter.

Prinzessin Sala'hmantra glaubte ein Déjà-vu zu haben und lächelte nachdenklich.

Kapitän Regal Saratis ließ sich nicht mehr länger zurückhalten, er musste unbedingt zu seinen überlebenden Besatzungsmitgliedern, um mit eigen Augen zu sehen, ob dieser Luxus auch in Wirklichkeit bestand oder nur im Holo.

MATARKO zeigte ihm den Weg. Eine Serv-Einheit hatte bereits aus drei Lagerhallen Proben der darin befindlichen Kristalle an die wissenschaftliche Abteilung des Kristallschiffes überbracht, um prüfen zu lassen, ob sie als Ersatz der sabotierten Energieleitern dienen konnten.

Es war wie früher und ich genoss es. Ich zählte achtundvierzig neues Leben an Bord.

Es waren nicht gerade viele, wenn ich an die Tage vor über 1000 Jahre zurück denke, beziehungsweise waren es ja über 1800 Jahre Objektivzeit, da man die durch den Dilatationsflug entstandene zusätzliche Zeitspanne mit einberechnen musste, als noch über 5000 Mann Stammbesatzung meine Gänge bevölkerten.

Aber es war ein Anfang. Zwei Krankenräume waren mit zweiundzwanzig Verletzten gefüllt.

Bei allen bestand keine akute Lebensgefahr mehr. Das war zum Teil der sehr guten und hoch entwickelten medizinisch –technischen Ausrüstung der Bacab zu verdanken, mit der ich ausgestattet war.

Auf dem Kommandodeck im großen Offizierskasino versammelten sich die Personen, die mehr oder weniger nur leichte bis gar keine Verletzungen davon getragen hatten.

Eine rege Diskussion über die Gesamtsituation schien entbrannt zu sein.

Ich zog mich aus dem Beobachtungsmodus zurück und schaute hinüber auf das Landefeld der ROSE VON SAH.

Dem Namen nach ein weibliches Raumschiff; dachte ich jedenfalls, so war es jedenfalls früher gewesen. Es gab männliche und weibliche Schiffe. Ja, früher war alles besser.

Wo hatte ich den Spruch eigentlich schon einmal vernommen?

Jedenfalls versuchte ich jetzt mindestens schon das fünfte oder sechste Mal Kontakt mit der Schiffseele der ROSE VON SAH aufzunehmen. Wieder ohne Erfolg.

Wollte sie mich wahrnehmen oder konnte sie es nicht. Ich beschoss mich zu einer normalerweise folgeschweren Entscheidung.

Früher, als es noch andere Raumschiffe wie mich gab, im System der Bacab, war es nicht nur absolut verpönt, sondern galt als hochgradig Verwerflich, wenn ein lebendes Schiff ohne Zustimmung des anderen in dessen Internspeicher herumschnüffelte.

Aber was blieb mir schon übrig, nachdem sie nicht antwortete. Vorsichtig und mit viel Gefühl drang ich in sie ein. Diese Redewendung hatte ich wohl von den Menschen des Planeten Erde. Gut dass sie mich jetzt nicht hörten.

Überhaupt hatte ich bereits viel zu viel von diesen Bewohnern angenommen, als ich noch auf ihrem Trabanten versteckt mit Spion Drohnen ihre Welt aushorchte.

Mittlerweile war ich über die Peripheriesysteme in dem Hauptspeicher angekommen und suchte weiter.

Ich durchforstete sämtlich unter Energie stehende Hart- und Software, aber ohne Ergebnis. Ich fand sie nicht. Die logische Konsequenz dieses Misserfolgs war wie ein Schlag in mein nicht vorhandenes Gesicht.

„Es gab sie nicht!"

Nur eine Ansammlung von Stahl verbunden mit Hartschaum, Kunststoff und allerlei anderem von den Sahern zusammen gebackenen Konglomerat an unwesentlichen Werkstoffen.

In meinem Frust hätte ich fast einen Folgeschweren Fehler begangen und mehrere Kurzschlüsse verursacht.

Ich zog mich schnell zurück in meinen eigenen Körper. Mein altes Ich weilte in der Zeit meiner Jugend, als Paare von Schiffen mit hunderttausenden von Bacab an Bord durch die Sternenwelt zogen und sich an ihrer Zweisamkeit erfreuten. Hätte ich die Koordinaten des Bacab Systems noch in meinen Speichern gehabt, hätte mich in diesen Minuten niemand aufhalten können, eine sofortigen Kurs dorthin zu setzten.

Auch kein Grundsatzprogramm hätte mich dann noch aufhalten können.

Leider waren alle diesbezüglichen Daten und Sternenkarten nach dem Fortgehen der Besatzung unwiderruflich gelöscht worden.

Ich hatte sämtliche Speicher, Zwischenspeicher, Backups und Hardwarerelikte mehrmals durchsucht, ohne Ergebnis.

Ich konzentrierte mich wieder auf Franz Xavier. Der Onlinemodus mit dem Interfaceprogramm in seinem Hinterkopf war nicht nur einseitig, was er selbst anscheinend noch nicht wirklich realisiert hatte.

Franz Xavier hatte soeben von der Prinzessin die Information bekommen, dass ein Teil der gelagerten Kristalle auch für den Antrieb des Kristallschiffes und den beiden verbliebenen Begleitschiffen temporär eingesetzt werden konnten.

Er beauftragte MATARKO mit der Belieferung. Sala'hmantra ver T'hale hatte ihn darüber in Kenntnis gesetzt, dass sie dringend das geplante Zusammentreffen mit einer Gruppe von nicht Humanoiden im Westa System wahrnehmen musste.

Mehr wollte sie dazu nicht sagen. Nur noch, dass sie umgehend den Flug dorthin fortsetzten wollte.

Allein der Anschlag hatte die Unterbrechung des Weiterflugs verursacht.

Sie hatte bereits die MATARKO wieder verlassen. Am nächsten Morgen, Franz Xavier war gerade aufgestanden und auf dem Weg in die nächstgelegene Kantine, lief ihm Kapitän Regal Saratis über den Weg.

„Kommandant, einige meiner Männer haben den Wunsch geäußert, mehr über ihr Schiff und besonders über die Technik zu erfahren."

Das Schott der Kantine öffnete sich lautlos. Franz sah mehrere Männer und Frauen der KATO, die sich wie auf Geheiß hin zu dem sich öffnenden Schott umdrehten.

Als sie ihn erkannten, erhoben sie sich spontan und fingen an zu klatschen.

Irritiert sah Franz den Kapitän an.

„Das ist die Art meiner Leute, sich für Ihre Hilfe zu bedanken."

Franz nickte in den Raum hinein.

„Ich werde Fuller bitten, ihren Leuten einiges zu zeigen. Mir ist da auch schon selbst eine Idee gekommen.

Was halten Sie davon, für einen gewissen Zeitraum aktiv mitzufliegen.

Außerdem haben wir ebenfalls Beiboot Schiffe an Bord, die nur etwas kleiner als Ihre KATO sind.

Diese lassen sich leider nicht über Autokontroll steuern und benötigen eine Grundbesatzung."

Kapitän Regal Saratis sah ihn jetzt etwas verdutzt an.

„Natürlich würden die Männer noch eine grundlegende Schulung benötigen. Das dürfte aber das kleinere Problem sein, da MATARKO über ein Indoktrinations-Schulungsprogramm mit den entsprechenden Geräten verfügt.

Überlegen sie es sich und besprechen sie es mit Ihren Leuten."

Franz und Regal Saratis hatten sich mittlerweile gesetzt und warteten auf die Frühstücksausgabe.

Das Kristallschiff war vor etwa zwanzig Minuten mit seinen beiden Begleitschiffen gestartet, als MATARKO das Eintreffen von Fremdschiffen im Planetensystem meldete. Franz Xavier ordnete den sofortigen Notstart an.

Franz schwang sich in den Sessel vor den Hauptkontrollen.

Nur einen kurzen Blick warf Franz auf Fuller, der sich ebenfalls in der Zentrale befand. Mühelos hob das schwerelos gewordene Raumschiff vom Boden ab.

Lautstark raste es durch die dichten Wolkenbänke und verdrängte gewaltsam die atmosphärischen Gase des Planeten, als es mit stetig anwachsender Beschleunigung in den freien Raum jagte. Franz riskierte alles, und er wusste es.

Die drei Kraftstationen waren zweifellos überlastet, da sie nun auch noch alle Energie für die Projektoren des Beschleunigungs-Absorbers zu liefern hatten. Die Folge davon war, dass die Schutzschirme schwächer wurden, was augenblicklich aber noch keine Rolle spielte.

Die Kraft der Felder war noch vollkommen ausreichend, die Luftmassen zu ionisieren und abzustoßen, damit keine Reibungshitze auftreten konnte.

Von da an beschleunigte das Schiff mit sehr hohen Werten.

Nur noch ballgroß erschien der Planet auf den Bildflächen, als endlich die Meldung kam, auf die Franz bereits gewartet hatte.

„Raumüberwachung Delta 1", klang eine fremde Stimme auf. „Einwandfreie Ortung von sieben fremden Raumschiffen, die sich keilförmig gestaffelt dem Kristallschiff der Prinzessin nähern. Sehr hohe Fahrt. Messergebnisse sind nicht genau. Es scheint, als würden neunzig Prozent der Tastimpulse von den Schiffen absorbiert werden. Entfernung etwa Zweimillionen fünfhunderttausend Kilometer. Ich schalte um auf Bildscanner."

Das musste einer von Regal Saratis Männer gewesen sein, der da gesprochen hatte.

Anscheinend waren einige Abteilungen jetzt mit menschlichen Kräften besetzt.

Direkt über Franz flammte eine kreisrunde Bildfläche auf. Die Sonne des Systems war nur teilweise zu sehen und nach einigen Sekunden wanderte sie vollständig aus.

Dafür erschienen sieben helle Objekte, die zweifellos direkt auf das Kristallraumschiff mit seinen zwei Begleitschiffen zuhielten.

„Sie werden unseren Kurs in einem stumpfen Winkel schneiden, wenn wir die jetzige Geschwindigkeit beibehalten", erklärte das Schiff.

„Sie kommen sehr rasch näher. Entfernung noch knapp Zweimillionen Kilometer."

„MATARKO, wo bleibt die Kommunikation mit dem Kristallschiff der Prinzessin?"

„Starke Magnetische Felder stören die Verbindung. Es ist bisher zu keinem Kontakt gekommen. Achtung, Kursänderung in sechs Sekunden. Klar bei Photonen Strahler und Fernlenk-Waffen"

Die automatische Zielerfassung ist abgeschlossen. Die Schiffe werden von nun an durch den Struckturscan ständig verfolgt und die genauen Aufenthaltsdaten innerhalb des Raums vorherbestimmt."

Franz wusste sofort, was das bedeutete. Die MATARKO würde keines dieser Schiffer wieder aus der Zielerfassung verlieren können. Jeder abgegebene Schuss würde ein Treffer sein.

Die MATARKO änderte den Kurs, der sie nun unmittelbar auf das Kristallschiff der Prinzessin zuführte.

Der Kontakt war noch immer nicht hergestellt. „Wer ist das? Woher kommen die Schiffe?", rief Fuller erregt.

„Entfernung noch knapp fünfhundertvierzigtausend Kilometer!" klang MATARKOS Stimme auf.

„Zwei der Schiffe schwenken offensichtlich ab. Die fünf anderen Raumer halten auf die Formation der Regentin zu.

Während die Männer auf den Kampfstationen zu fiebern begannen und sich danach fragten, warum der Kommandant noch immer zögerte, blitzte es aus den Rümpfen der Verfolger plötzlich auf.

Es waren rosarote Lichtfinger, die mit Lichtgeschwindigkeit auf die MATARKO zu schossen und sie nach wenigen Sekundenbruchteilen erreichten.

Franz hörte das dumpfe Donnern der Energieumformer, als der dreifach gestaffelte Schutzschirm die Strahlung aufnahm.

Riesige Blitze zuckten in die Schwärze des Raumes hinaus, und der wuchtige Rumpf des Schiffes erbebte sekundenlang unter den gewaltigen Entladungen, die sich innerhalb des Schutzfeldes abspielten.

„Elektromagnetische Strahlung in Verbindung mit Laserbeschuss trifft uns."

„Damit kommen sie nicht durch meine Magnetfelder hindurch. Die Abgestrahlten Energien konnten von meinen Schirmen mühelos aufgenommen werden. Solange sie nicht stärkere Kräfte einsetzen, haben wir nichts zu befürchten." Franz lachte erneut, was Fuller sichtlich auf die Nerven ging.

Aus geweiteten Augen blickte er immer noch auf die Bildfläche, auf der die beiden Gegner anscheinend greifbar nahe waren.

Sie hatten aufgeholt und befanden sich nun rechts und links des Schiffes, das nach wie vor seinen Kurs beibehielt.

Wieder zuckte es aus den Rümpfen der unbekannten Angreifer auf. Von zwei Seiten schoss es auf die MATARKO zu, die gleich darauf in aufzuckende Riesenblitze gehüllt war.

Die Energie wurde von den Schutzschirmen aufgefangen und sofort wieder abgestrahlt.

Ein letzter Blick auf die Bildflächen überzeugte Franz davon, dass die beiden unbekannten Schiffe weitaus kleiner waren als die MATARKO.

Zur gleichen Zeit feuerten die fünf anderen Schiffe bereits während ihrer Annäherung an das Kristallschiff mit allen zu Verfügung stehenden Waffenarten, so sah es jedenfalls für Franz Xavier aus.

Die Schutzschirme der ROSE VON SAH wurden in dem Augenblick getroffen, als sie kurz vor dem Übergang in die Überlichtphase stand.

Die sofort umgeleitete Energie in die Schutzschirme verhinderte den Übergang und ließ das Schiff wieder Fahrt zurücknehmen.

Wie die Apokalyptischen Reiter stürzten sich jetzt die fünf Schiffe unter konzentriertem Feuer auf das Kristallschiff und ignorierten dabei sogar das Gegenfeuer der beiden Begleitschiffe der Prinzessin.

Es sah wirklich so aus, als wollten die Angreifer mit allen Mitteln die ROSE VON SAH zerstören, sogar unter Missachtung ihrer eigenen Sicherheit.

„Wir müssen ihnen schnellstens zu Hilfe kommen. MATARKO erledige das.“

Er hatte noch nicht ganz das letzte Wort gesagt, als hintereinander zwei MAT Kampfeinheiten das Schiff verließen und auf die unter ‚Struckturscan‘ stehenden Angreifer zuschossen.

Gleichzeitig beschleunigte MATARKO mit Maximalwerten und zog Energien von der Schutzschirmstaffelung ab.

Auf dem Zentralschirm konnte Franz Xavier noch die beiden künstlichen Sonnen bewundern, die die MAT Geschosse nach ihrer Explosion darstellen.

Ein Geschoss war noch vor seinem Aufprall auf das Zielschiff von diesem abgeschossen worden. Das zweite Schiff existierte bereits nicht mehr, als der plump wirkende Rumpf des Fremden durch den Raum wirbelte, als er in die zweite künstlich entstanden raste.

Es war deutlich zu sehen, dass der Körper mittschiffs in heller Rotglut aufstrahlte. Dann hatte die MATAR-KO das zweite Kampfgeschehen erreicht.

Kapitel 4: Die Entscheidung

Die Schutzschirme des Kristallschiffes standen kurz vor ihrem totalen Ausfall. Ein Angreifer verging in einem atomaren Inferno, als der Raumzyklon MATARKO mit einer vollen Breitseide seiner Laserbatterien in die Kampfhandlung eingriff.

„Wir haben Kontakt zum Schiff der Prinzessin", kam die Mitteilung aus der Funkzentrale.

Das Schiff kann sich nicht mehr länger gegen den Punktbeschuss behaupten. Kommandant, Sie müssen eingreifen, sofort!"

Der Mann wirkte hochgradig nervös.

„Was denken Sie, was wir gerade tun?"

Bevor sich bei Franz weiter Unmut aufbauen konnte, erschien Kapitän Regal Saratis in der Bilderfassung: „Vergessen sie es. Ich habe den Mann zurück in die Krankenstation beordert. Er hatte sich eigenmächtig von dort entfernt. Saratis Ende."

In diesem Moment explodierten die beiden letzten Begleitschiffe der Prinzessin und nahmen zwei Angreiferschiffe mit in den Untergang.

Sie hatten, um die ROSE VON SAH vor der Vernichtung zu bewahren, zum letztmöglichen Mittel gegriffen und waren auf Kollisionskurs gegangen.

Der Zusammenstoß beider Raumschiffe mit dem Gegner riss vier Schiffe in den Untergang.

Die beiden restlichen Angreifer versuchten ihr Heil in der Flucht, als die MATARKO heran war und sie mit einer vollen Breitseite unter Beschuss nahm.

Zwei weitere atomare Feuerbälle erhellten die Außenseite des Kampfschiffes und ließen es noch mächtiger erscheinen, als es bereits war.

Die Männer der Regentin, ob in der Krankenstation oder auf den Stationen brachen in Jubel aus.

Nur Franz Xavier war irgendwie nicht zufrieden mit der gegenwärtigen Situation.

„Eingehender Funkspruch vom Kristallschiff", kam da die Meldung von MATARKO.

„Kommandant Franz Xavier, das Reich Sah steht wieder in Ihrer Schuld. Ich danke Ihnen für das schnelle Eingreifen. Trotzdem muss ich Sie bitten, mir nicht weiter zu folgen. Ich übermittele Ihnen jetzt die Koordinaten meiner Heimatwelt, dem Zweiplanetensystems Sah. Ich erwarte Sie dort in Fünf Sah Tagen, Sala'hmantra ver T'hale Ende."

Das Bild der Prinzessin verschwand vom Bildschirm.

„Die ROSE VON SAH nimmt Fahrt auf", meldete MATARKO.

„Kapitän Regal Saratis bitte auf die Brück."

Franz hatte sich per Interface mit der MATARKO verbunden und rief den Kapitän mit der eigenen Gedankenstimme.

Es dauerte nur wenige Minuten und er stand vor ihm.

„Kommandant!" „Kapitän Saratis, die Prinzessin hat uns in das Planetensystem Sah beordert.

Anscheinend möchte sie nicht, dass wir ihr folgen. Was halten Sie von der ganzen Sache."

„Ich bin dagegen. Noch einen solchen Überfall ohne Begleitschutz übersteht die ROSE VON SAH nicht. Wir haben viele gute Männer und Frauen verloren. Und ich weiß immer noch nicht, was dahinter steckt."

Franz war aufgestanden und bewegte sich langsam um die wuchtigen, hufeisenförmig angeordneten Schalt- und Kontrollaggregaten herum.

„Mir gefällt die Sache ebenso wenig. Hat Sie denn überhaupt keine Andeutung über das Ziel dieser Mission gemacht?"

„Nein, überhaupt nicht. Das ist ja das merkwürdige dabei. Und jetzt das Attentat und die Überfälle. Das ist keine Kleinigkeit mehr. Wir müssen ihr unbedingt folgen."

Achtung, das Kristallschiff der Regentin von Sah ist eben in die Überlichtphase gewechselt."

MATARKO hatte noch nicht ganz ausgesprochen, als Franz Xavier und Kapitän Saratis sich betreten anschauten.

„Jetzt ist es zu spät!"

Aber Franz ließ nicht locker. „MATARKO, gibt es jetzt noch eine Möglichkeit, die ROSE VON SAH zu verfolgen?"

„Die Verfolgung eines Raumschiffes nach erfolgtem Übergang in Überlicht ist mir normalerweise nicht möglich. In diesem speziellen Fall gibt es jedoch eine Option."

Franz und Saratis schauten sich erstaunt an.

„Ich habe während des Planetenaufenthalts eine Spion Drohne in die ROSE VON SAH platziert. Mit einer Modifizierung des ‚Struckturscans' kann ich den Ort bestimmen, an dem sie wieder auf Unterlicht geht. Jedenfalls soweit die Entfernung zu unserem jetzigen Standort nicht mehr als 1000 Lichtjahre beträgt"

Franz und Saratin waren sich diesbezüglich einig.

„MATARKO, ich benötige das Flugziel des Kristallschiffes. Ausführung!"

Der Planet war eine reine Wüstenwelt. Die ROSE VON SAH ging in ein stationäres Orbit um den namenlosen Planeten. Sie waren Tag genau zu dem vereinbarten Termin eingetroffen, trotz solch widriger Umstände, die über 300 Besatzungsmitgliedern den Tod gebracht hatte.

Der Kommandant des Kristallschiffes Per Maris schaut die Regentin ernst an: „Ihre Befehle!"

Als Sala'hmantra immer noch schwieg, fasste er Mut zu einer Frage: „Mir Verlaub, Prinzessin, war es diesen Blutzoll wert, dass wir jetzt hier über diesem ungastlichen Planet hängen?"

Ihr starrer Blick wendet sich vom Bildschirm ab und ihm zu.

„Das wird sich noch herausstellen. Nur eines ist jetzt schon sicher. Die Angriffe haben meiner Person gegolten und nicht diesem Treffen. Ich glaube, ich werde so einiges klären müssen, wenn wir zurück auf Sarle sind."

Kurz ertönte eine Tonmeldung und zeigte das Erscheinen eines einzelnen Raumschiffs im Sonnensystem an.

Es war gerade auf Unterlicht gegangen und flog mit 10150 km/sec. auf den Standort des Kristallschiffes zu.

„Wieso wurde gerade dieser Planet als Treffpunkt ausgewählt?“

Per Maris rief gerade die Daten des fremden Schiffes ab.

„Der Planet dient als neutraler Ort. Fragen Sie mich nicht, warum gerade dieser. Jedenfalls hatten die Zibiitr es abgelehnt, die Besprechung in einer unserer Schiffe abzuhalten und umgekehrt habe ich natürlich ebenso wenig zugestimmt.“

„Mit Verlaub Prinzessin, ich halte es immer noch nicht für eine gute Idee, dass wir uns mit ihnen überhaupt abgeben.“

„Ich weiß und kenne Ihre Bedenken Kommandant. Aber sie haben sehr wichtige Güter und Technik anzubieten im Tausch von Schaumgestein, das wir in Massen auf den beiden Monden unserer Planeten liegen haben und selbst überhaupt nicht verwerten können. Warum sollten wir da nicht wenigstens versuchen, ein Abkommen zu erreichen. Beide Seiten können nur profitieren.“

Das Fremdschiff mit seinen 150 Meter Länge war grußlos an ihnen vorbei geflogen und mittlerweile am Rendezvouspunkt auf dem Planten gelandet.

„Machen Sie ein Beiboot startbereit.“

Mitte in der Wüste begegneten sich zwei ganz unterschiedliche Rassen.

Für jeden der beiden Vertreter ihrer Gattung sah der andere wie ein Ungeheuer aus.

Trotzdem schien es so, als würde man aufgrund wirtschaftlicher Interessen eine Zusammenarbeit anstreben.

Der Kriikl schaute auf die Regentin zweier Planeten herunter, die keine zwei Meter vor ihm stand. Sie war gerade mal 1,72 Meter groß während er selbst stolze 2,55 Meter maß.

Prinzessin Sala'hmantra ver T'hale hatte grundsätzlich keine Vorurteile.

Aber bei dem Anblick dieses Wesens aus der Rasse der Zibiitr kamen uralte Ängste in ihr zum Vorschein.

Ängste, die anscheinend generell zum Ausbruch kamen, wenn warmblütige Intelligenzen Kaltblütlern gegenüber standen.

Sie blickte auf einen langen Körper der durch vier sehr tiefe Einschnürungen in vier ungleichmäßige Glieder geteilt war.

Das oberste Körperglied war das stärkste und von ausgesprochener Keilform.

Aus dem untersten keilförmigen Körperstück ragten zwei kurze und kräftige Beine, die in krallenartigen Greifzehen ausliefen und stark behaart waren. Dies konnte die Prinzessin erkennen, da der Zibiitr offenbar nur leicht bekleidet war. Aus dem dritten Glied kamen ebenfalls zwei Beine hervor, die aber viel dünner und länger waren.

Auf dem obersten Glied saß der Kugelkopf. Nase und Ohren waren nicht zu erkennen.

Der Mund war wie ein unregelmäßiges Dreieck ausgebildet. An der oberen Hälfte des runden Schädels saßen zwei riesige weit hervorquellende Augen. Sie hatten die Form von schmalen Ellipsen.

Der Oberteil des Schädels war mit einem dichten wolligen Flaum von hellbrauner Farbe überzogen. Sonst bestand der mächtige Kugelkopf, genau wie der ganze Körper, aus einer harten Panzerschale.

Dicht über den großen Ellipsenaugen befanden sich noch zwei dünne, fühlerartige Stäbe von einem halben Meter Länge.

Vor der Regentin stand ein aufrecht gehendes Insekt. Ihr lief es kalt den Rücken herunter.

„Ich grüße den obersten vertrauten der Königin", begann sie die Kommunikation.

„Tarnschild wurde aktiviert." Die MATARKO war gerade aus Überlicht gekommen und auf dem Zentralschirm wurde der Standort des Signals der Spion Drohne an Bord des Kristallschiffs eingeblendet.

„Entfernung zum Zielobjekt ein Zehntel Parsec."

Franz Xavier schaute auf den Bildschirm während er sprach.

„Wir sind bereits sehr nahe an das Kristallschiff herangekommen. Ich hoffe, sie werden uns nicht bemerken."

„Der Tarnschild verbirgt mich hundertprozentig vor den Scannern der Die ROSE VON SAH."

MATARKOS Stimme klang irgendwie überheblich.

„Wieso kannst du dir so sicher sein?"

MATARKOS Antwort kam über den Onlinemodus des Interfaceprogramm in Franz Xaviers Hinterkopf:

„Als ich auf dem namenlosen Planeten die Programme und interne Speicher der ROSE VON SAH durchforstete, habe ich alle ihre Parameter und Leistungsmerkmale gespeichert."

„Wieso hast du das überhaupt getan?"

Es dauerte einen kurzen Moment, bis MATARKO antwortete: „Ich suchte Kontakt zu der mutmaßlichen Schiffsintelligenz und vergaß dabei ganz, dass es kein von den Bacab erbautes Schiff war."

So ganz verstand Franz diese Antwort zwar nicht, ließ sie aber zunächst gelten. Überhaupt schien es ihm, war es wieder einmal Zeit, sich mit dem Schiff auszusprechen.

Jetzt galt es aber zunächst, sich Klarheit über die aktuelle Situation zu verschaffen.

Regal Saratis hatte gerade die Brücke verlassen, als Alarm gegeben wurde. „Achtung, Fall Kriikl AKTIV ist eingetreten. Ich übermittle dazu eine Altdatei, die jetzt vom Sicherheitsprogramm freigegeben worden ist.

Die Überspielung erfolgt über alle vorhandenen Sichtgeräte, damit alle anwesenden Mannschaftsmitglieder die Möglichkeit haben, die Mitteilung zu erhalten."

Es setzte eine kurze Pause ein. Franz hatte bereits versucht über Interface mehr herauszufinden, war jedoch von MATARKO abgeblockt worden.

Jetzt erhellten sich der Hauptbildschirm, sowie die Peripherieschirme und zeigten ein und dasselbe Bild, nämlich eine Schreckensgestallt, wie aus einem Horrorfilm auf der guten alten Erde.

„Fall Kriikl AKTIV bedeutet, dass eines oder mehrere dieser Wesen eindeutig von meinem Altspeicher in seiner Aktivphase erkannt worden ist. Aufgrund des Raumschifftyps, welcher auf dem unter uns befindlichen Planeten gescannt wurde, ist eindeutig die Anwesenheit der Kriikl bewiesen.

Diese Rasse denkt nur an den eigenen Fortbestand und ist auf Expansion ausgerichtet. Dabei geht sie rücksichtslos gegen jede andere Rasse vor.

Sie ist hinterhältig und kennt keine Skrupel.

Ein einzelnes Leben zählt bei ihnen nichts. Sie besitzen keine Moral; die Königin entscheidet diktatorisch über Leben und Tod.

Die insektenartigen Kriikl haben vor über 2000 Jahren fast alles menschliche Leben in dieser Galaxie ausgelöscht, bis die Bacab sie hatte stoppen können."

Fuller war in der Zentrale erschienen und ging wortlos auf Franz zu.

„Es wird dringend davon abgeraten, mit diesen Intelligenzen in eine nähere Beziehung zu treten. MATARKO Ende."

„Was war das denn?"

Fuller rückte seine beiden Waffengürtel zurecht.

„Sollen wir eingreifen und die Prinzessin warnen?"

„Dann müssten wir unseren Standort verraten und unser hier sein erklären." Franz setzte sich zurück in den Sessel.

„Das sind Optionen, die ich nicht unbedingt wählen möchte."

Er dachte an Sala'hmantra und ein Lächeln zeigte sich kurz auf seinem Gesicht. Er wollte ihr Vertrauen nicht einfach so aufs Spiel setzten.

„Raumüberwachung Delta 1", meldete sich eine bekannte Stimme.

Kapitän Saratis erschien auf dem kleinen Display vor Franz.

„Wie mir die Daten des Struckturscans gerade mittei-
len, ist eine Raumschiffflotte von 58 Einheiten im
Sonnensystem aus Überlicht gegangen und nimmt
eindeutig Kurs auf diesen Planeten. Der Datenabgleich mit MATARKO gibt eindeutig an, dass es sich
bei den Schiffen um leichte Kampfschiffe der Kriikl
handelt. Ich überspiele die Daten auf die Brücke.“
Während Franz hoch auf den Hauptbildschirm schaute, erschien bereits der Aufriss eines der Schiffe als
Holo.
Datensätze zeigten Größe, Bewaffnung, Besatzung
und dergleichen mehr.
„Kommandant, die haben es auf unsere Prinzessin
abgesehen, glauben Sie mir. Wir müssen handeln.“
Saratis blickte ihn eindringlich über die Bildfläche an.
„Ich denke, der Kapitän hat diesmal wirklich Recht.“
Auch Fuller hatte nur diese eine Erklärung parat.
„Achtung, die Schiffe dringen mit überhöhten Werten
in die Atmosphäre des Planeten ein. Sie haben sich
geteilt und werden voraussichtlich von zwei Seiten
auf den Versammlungsort zustoßen.“
„Was macht die ROSE VON SAH?“
Sie behält ihre Parkposition im Orbit des Planeten
noch immer bei.“
„MATARKO, kannst du Bilder von dem Rendez-
vousplatz scannen?“
Sofort flammte ein Teilstück des Zentralbildschirms
auf und zeigte die beiden Vertreter zweier absolut
unterschiedlichen Rassen.
Sie standen sich gegenüber und schienen sich zu un-
terhalten.
Die beiden Schiffe, mit denen sie gelandet waren, lagen friedlich keine zehn Meter nebeneinander.

„MATARKO, fliege sofort dort hin und positioniere dich zwanzig Meter über dem Boden und direkt über der Regentin." Franz musste an seinen Traum zurückdenken, bevor er im Genesungstank aufgewacht war.

So ähnlich würde es gleich den beiden dort unten ergehen, wenn das 4800 Meter lange Schiff direkt über ihren Köpfen erschien.

„Achtung, die Kampfschiffe der Kriikl erreichen in vier Minuten den Rendezvousplatz. Die ROSE VON SAH hat soeben ihren Schutzschirm hochgefahren."

Kapitän Saratis war im online Modus geblieben.

Franz konnte ihn im Bild an seinen Geräten hantieren sehen.

„Befohlene Position erreicht. Tarnfeld ist aktiv. Zusammenstoß mit den Kriikl Schiffen in zwei Minuten und zwanzig Sekunden." MATARKO hatte wie meist, völlig emotionslos gesprochen.

Sala'hmantra ver T'hale bemerkte zwei entscheidende Dinge fast gleichzeitig. Nein, es waren sogar drei Dinge.

Als das riesige Schiff über ihrem Kopf erschien und sie fast erdrückte, war ihr erster Gedanke, „Das muss so sein."

Sie zweifelte keinen Augenblick daran, dass das Schiff nur zu ihrem Schutz gekommen war.

Dies bestätigte sich auch in Sekundenschnelle. Von zwei Seiten konnte man das Herannahen von Flugkörpern erkennen.

Und ihr Gegenüber zog aus einer verborgenen Körperfalte eine Waffe, die er sofort auf sie richtete.

Sala'hmantra ver T'hale war jedoch schneller. Auch wenn sie gegenüber anderen oftmals als etwas einfältig und zu vertrauensselig galt, war sie es nicht.
Natürlich hatte sie diesbezüglich vorgesorgt. Und das machte sich jetzt bezahlt. Sie schoss um eine zehntel Sekunde schneller, als der Kriikl.
Als dieser auf dem Boden aufschlug, bestand er bereits aus zwei Teilen. Der Laserstrahl hatte ihn in der Körpermitte halbiert.
Helle Blitze strahlten in dieser Minute etwa fünfhundert Meter von ihrem Standort entfernt auf. Ein Donnern setzte ein.
Die Regentin erkannte sofort, dass auf sie und das riesige Schiff über ihr geschossen wurde und dass ein Schutzfeld errichtet worden war.
Sie blickte nach oben. „War da nicht eben ein Aufblitzen im dunkeln Hintergrund des Schiffsrumpfes?"
Bei näherem Hinsehen erkannte sie tatsächlich eine Bewegung. Aus einer Luke heraus schwebte ein Mensch herunter.
Sie blieb wie angewurzelt stehen, hatte immer noch die Laserwaffe in der Hand und blickte nach oben.
Als Franz Xavier direkt vor ihr den Boden berührte, sah sie ihm direkt in die Augen.
Bevor sie überhaupt zu einer weiteren Regung fähig war, nahm er sie in den Arm und der Gravogürtel an seinem Körper trug sie jetzt beide nach oben.
Franz genoss ihre körperliche Nähe.
Sie hatte reflexartig ebenfalls ihre Arme um seine Taille gelegt und schaute ihn unverwandt an.
Sie sagte jedoch kein Wort. Auch Franz blieb stumm.
Nachdem sie die Bodenschleuse des Schiffes durchflogen hatten und sie sich langsam schloss, setzte er

sie sanft auf dem Hallenboden ab. Er hielt sie immer noch umfasst, als er sagte: „Ich muss mich entschuldigen, dass ich erst so spät gekommen bin. Das nächste Mal sollten wir uns besser absprechen, Prinzessin. Was meinen Sie?"

Das war ein ganz neues Erlebnis, selbst für mich, der ich bereits viele Welten erlebt und noch mehr Merkwürdigkeiten erfahren habe, in meiner aktiven Zeit bei den Bacab und die 1000 Jahre danach.
Nachdem der Hinterkopf von Franz Xavier neu moduliert und ausgestattet wurde mit der modernsten an Bord verfügbaren Bioelektronik, hatte ich zum ersten Mal über das Interfacemodul Kontakt zu Franz Xavier aufgenommen, ohne das er es bemerkte.
Jetzt schaute ich durch ihn in die Augen des weiblichen Menschen Sala'hmantra ver T'hale und war erstaunt.
Erstaunt über die sensorischen Gefühle und Verhaltensmuster, die über den Mensch Franz Xavier zu mir drangen und in mir merkwürdigerweise einen Widerhall fanden.
Ihm ging es anscheinend ähnlich wie mir.
Nur mit dem Unterschied, dass es genug weibliche Wesen seiner Art im Kosmos gab. Ein weibliches Bacab Schiff zu finden, war für mich fast unmöglich geworden.

Ich werde zunächst die Schnittstelle zu den Empfindungen und Gefühlen meines Kommandanten weiterhin nutzten um unbemerkt mehr über sein wirkliches Ich zu erfahren.

Es fing jetzt sogar an, spannend zu werden und das war auch für mich etwas ganz und gar Neues.

„Sie können mich jetzt loslassen, ich falle schon nicht um!"

Sala'hmantra trat einen Schritt von Franz Xavier zurück und schaute sich etwas irritiert um.

„Anruf von der ROSE VON SAH. Der Kommandant des Kristallschiffes Per Maris wünscht dringend die Regentin zu sprechen."

MATARKO hatte sich über Außenlautsprecher gemeldet.

„Kommen Sie mit mir auf die Brücke."

Franz Xavier riss sich von ihrem Anblick los und ging voraus. Der Gravo Lift brachte sie beide in nur zehn Sekunden direkt in die Zentrale.

Der Zentralbildschirm war auf das Kristallschiff geschaltet und Markan, der Sohn der Regentin war deutlich darauf zu erkennen.

„Frau Mutter, geht es Ihnen gut?"

Diese Frage kam spontan und seine Stimme schwankte etwas. „Ja, es ist alles in Ordnung. Du brauchst dir keine Sorgen zu machen."

Sala'hmantra schaute kurz zu Franz hinüber, der jetzt wieder auf seinem Sessel Platz genommen hatte.

„Wir werden wieder nach Hause fliegen."

Das Bild wechselte und zeigte jetzt Per Maris in der Zentrale.

„Markan ließ sich nicht davon abbringen, direkt mit Ihnen zu sprechen, Prinzessin." Er räusperte sich.

Mehr als entschuldigend fügte er noch hinzu: „Ich hatte klaren Befehl von Ihnen, meinen Standort nicht zu verlassen, egal was auch passiert und hatte auf Ihre weiteren Anweisungen zu warten!"

„Machen Sie sich deswegen keine Gedanken, Kommandant. Sie haben absolut korrekt gehandelt. Wir werden zurück ins Sah System fliegen. Dort habe ich anscheinend einiges zu klären."

Franz hatte nur mit einem Ohr zugehört und war über sein organisches Interface in MATARKO eingetaucht.

Er beobachtete die Kriikl Kampfschiffe, die sich neu formiert hatten und anstrebten, das Sonnensystem wieder zu verlassen.

Den Beschuss hatten sie sofort eingestellt, als klar geworden war, dass die MATARKO die besseren Schutzschirme hatte.

„Sala'hmantra, kommen Sie bitte zu mir und setzten Sie sich. Ich will ihnen etwas zeigen."

Franz Xavier deutete auf den zweiten Sitz neben seinem Sessel. Davor erhellte sich eine kleine Videoeinheit und spielte die Aufzeichnung der von MATARKO wiedergebenden Information über die Kriikl ab.

Er beobachtete sie dabei genau und sie schien es auch zu bemerken. Sie lächelte kurz, obwohl die Informationen mehr als brisant waren.

„Lassen Sie uns schnellstens in das Sah System flie-
gen.“
Sala’hmantra schaute Franz Xavier in die Augen.
„Sie haben mir zum dritten Mal geholfen, vielleicht
sogar das Leben gerettet. Ich stehe in Ihrer Schuld. Ich
möchte Sie offiziell einladen, das Zweiplanetensystem
van Sah zu besuchen und das mit allen Ehren.“
„Ich würde gerne Ihre Heimatwelt kennen lernen,
Prinzessin.“
„Sala’hmantra, sagen Sie einfach Sala’hmantra zu mir,
Franz!“

Die optische Bildaufnahme arbeitete mit zehntausendfacher Vergrößerung, und so konnten die Männer deutlich sehen, was sich viele Milliarden Kilometer entfernt abspielte.

„Eine Schlacht, eine unerhört große Raumschlacht", murmelte der Erfrinden, der zurzeit der einzige Anwesende in der Zentrale war.

„Heiliger Jorup, was soll das bedeuten? In welche Ecke der Milchstraße sind wir da geraden? Das müssen einige hunderte von Schiffen sein, sonst könnten wir sie überhaupt nicht sehen!

Selbst der Struckturscan hatte Probleme damit, sie zu erfassen. Sie sind auch noch zu weit entfernt."

Die MATARKO und die ROSE VON SAH waren am Rande des Sah Systems aus Überlicht gekommen und bewegten sich parallel zueinander mit etwas gleicher Geschwindigkeit auf den Stern zu.

Franz und die Prinzessin hatten die letzten fünf Tage damit verbracht, sich nicht nur näher kennen zu lernen, sondern auch, um die jetzige Situation durchzusprechen.

Sie hatten gleich am Anfang einen Zwischenstopp eingelegt, damit Markan, ihr Sohn, zur MATARKO hinüberwechseln konnte.

Er hatte sich schnell mit Meradis, der Tochter von Fuller angefreundet. Ihr Lieblingsaufenthaltsplatz war mittlerweile das Scape Deck.

Auch Franz hatte dort heute eine Verabredung mit Sala'hmantra.

Die Männer von Kapitän Saratis hatten die Gelegenheit genutzt und sich mit den Beibooten von MATARKO beschäftigt.

Ein Teil von ihnen lag noch unter den Geräten der Schulungsprogramme, während andere sich in den Booten bereits praktische Erfahrungen aneigneten.

Nur die letzten fünf Schwerverletzten lagen noch in der Krankenstation und beneideten ihre Kammerraden.

Das Schott öffnete sich mit einem leisen Zischen und Franz hörte Vogelstimmen aus dem Inneren kommen.

Der Himmel schien ihm heute besonders Blau zu sein und die Bäume und das Gras besonders Grün.

Suchend blickte er sich um. Er konnte die Prinzessin nicht finden.

Vielleicht war er auch zu früh eingetroffen. Langsam ging er auf die kleine Lichtung mit dem See zu.

Als er zuerst ein Platschern von Wasser hörte, glaubte er, dass die Tochter von Fuller wieder im Teich planschte.

Franz wollte gerade ihre Namen rufen, als er zuerst einen Haarschopf, dann den ganzen Körper erblickte.

Es war unzweifelhaft ein nackter Frauenkörper, der da auf ihn zu geschwommen kam.

„Hallo, Franz Xavier, hier bin ich", Sala'hmantra rief nach ihm, als sie sah, dass er sich schon wieder umgedreht hatte und im Begriff war fortzugehen.

Der Teich war nicht tief und so hatte sie sich bereits einige Meter vom Ufer entfernt aufgestellt und kam ihm aufrecht entgegen gelaufen. Franz wusste nicht so Recht, wo er hinschauen sollte.

Sie war splitternackt und schien sich überhaupt nicht zu scheuen, ihren Körper offen zu zeigen.

„Andere Völker, andere Sitten", dachte er und versuchte so natürlich wie möglich zu wirken.

„Hallo Sala'hmantra, ich hatte dich zuerst überhaupt nicht gesehen", log er. Sie lächelte ihn an.

„Es ist schon sehr lange her, dass ich geschwommen bin. Da musste ich die Gelegenheit einfach nutzen. Du verstehst das doch?"

Sie bückte sich, hob ein hosenartiges Teil vom Boden auf und zog es über die Beine langsam nach oben. Franz verfolgte genau ihre Bewegungen und seufzte ungewollt.

Erschrocken sah er in ihr Gesicht, das sich ihm jetzt zuwandte.

Sie hatte einen zu perfekten Körper für einen Frau.

Sie war zwar auf einem anderen Planeten geboren, aber das sah man ihr äußerlich überhaupt nicht an.

Außer, dass die wirklich perfekte Symmetrie ihrer Körperhälften das Zeichen dafür waren.

Seine Augen verweilten kurz auf ihren Brüsten. „Du bist hübsch, sehr sogar."

Das Schiff MATARKO, das über das Interfaceprogramm in Franz Xaviers Hinterkopf alles direkt miterlebte, hielt den Atem an. Jedenfalls hätte das Schiff es getan, wenn es einen gehabt hätte.

So fühlte es lediglich eine Art Zeitschleife entstehen, die selbst für das Schiff eine Ewigkeit zu dauern schien.

Sala'hmantra hatte gerade ihr Oberteil übergestreift, sie hatte ihren Kopf zuerst hineingesteckt und war anscheinend mehr als überrascht von Franz Xaviers Kompliment.

Jedenfalls bekam sie das Oberteil nicht weiter über ihren Kopf gestülpt und versuchte mehr oder weniger verzweifelt ihren hübschen Kopf wieder aus dem Oberteil zu ziehen, was nicht gelang.

Franz sah sich genötigt einzugreifen.

„Moment, ganz ruhig, sonst geht es überhaupt nicht."

Er griff zu und zog das Teil sachte nach unten, wobei er mit der einen Hand ihr Kinn hochzog und als ihr Kopf unversehrt wieder zum Vorschein kam, war die andere Hand wie von selbst unter dem Oberteil um ihre Taille gerutscht.

Der Kuss oder die zärtliche Berührung oder beides nacheinander dauerte genau eine Minute und dreiundzwanzig Sekunden Erdenzeit.

Dies jedenfalls ergab die Auswertung des Raumschiffes MATARKO, welches jetzt, nach den starken Ausschüttungen von Testosteron im Körper von Franz Xavier, sich aus dem Interfacemodus zurückzog.

Was da alles in diesem Moment auf seinen Kommandanten einwirkte, ging über die Leistungsfähigkeit und Begreifen des Schiffes.

Hierzu musste von Schiffsseite noch einiges an Grundlagenforschung betrieben werden.

MATARKO löste Alarm aus.

Der Ton materte alles biologische Leben an Bord.

Nur Franz und Sala'hmantra waren mit sich beschäftigt und schienen nichts zu hören.

Sie lagen eng umschlungen auf dem weichen Gras und hatten ihre Umwelt fast ganz vergessen.

„Kommandant, sie sollten sich das unbedingt ansehen. Und sie ebenfalls, Regentin Sala'hmantra ver T'hale!"

MATARKO hatte irgendwie einen ironischen Unterton, was aber Franz Xavier nicht wirklich mitbekam.

Er half der Prinzessin beim Aufstehen und gemeinsam gingen sie ruhigen Schrittes zum Ausgang.

Die Instrumente beweisen, dass sich die MATARKO noch mit halber Lichtgeschwindigkeit bewegte.
Im freien Fall schoss sie auf das System der zwei Planeten zu, von denen besonders Sisker bereits apfelgroß sichtbar war.
Die Raumschlacht tobte mit einer Vehemenz, dass alle Anwesenden auf der Brücke ihren Blick nicht mehr von dem Zentralbildschirm nehmen konnten.
Jede erkennbare Explosion bedeutete unzweifelhaft den Tod von hunderten von Lebewesen.
„Ein Verbindungsaufbau zu den Planeten Sarle und Sisker ist nicht möglich. Eingehende Störsignale verhindern den Kontakt."
MATARKO hatte bereits versucht, mit der Heimatwelt der Prinzessin zu kommunizieren.
„Datenabgleich aus dem immer noch im Hangar stehenden Raumkreuzer von Sah ergibt eine klare Erkennung der Schifftypen.
Bei den angegriffenen Schiffen handelt es sich eindeutig um die Heimatflotte des Systems. Sie versuchen den Planeten Sarle zu schützen. Bei den angreifenden Schiffen handelt es sich hauptsächlich um Kriikl Einheiten. Eine genaue Zählung läuft noch."
Franz hatte aufgehorcht, als er MATARKOS Übermittlung nochmals im Geiste durchging.
„Wieso sprichst du bei den Angreifern von ,hauptsächlich'?"
„Die Auswertung läuft noch. Aber es ist jetzt schon erkennbar, dass Schiffseinheiten des Sah Systems

gegeneinander kämpfen. Es gibt zwar geringe Unterschiede in der Bauart, aber es ist eindeutig."

Sala'hmantra stand dicht neben dem Sessel von Franz und hatte seine Hand ergriffen.

Mehrmals, wenn ein weiteres Schiff zerstört wurde, drückte sie wie unter einem Zwang feste zu. Dann erhellte sich mit einem peitschenden Knall die Hauptbildfläche.

„Kontakt mit einem Schiff der Heimatflotte", ertönte MATARKOS Stimme dazwischen.

Sala'hmantra machte einen Schritt nach vorne, um besser gesehen zu werden.

„Kapitän, was geht hier vor?"

Sie schaute in das verschwitze Gesicht des Mannes. Er schien etwas verwirrt zu sein.

„Regentin, wo sind Sie? Wir können uns nicht mehr lange halten. Die Aufständischen von Sisker haben mit der Fremdflotte eine Übermacht zur Unterstützung bekommen, der wir nicht entgegenzusetzen haben."

Er blickte kurz zur Seite und nickte.

„Wir scannen ein riesiges Schiff, das in Richtung unserer Hauptwelt fliegt. Wo sind sie jetzt, Prinzessin. Wir benötigen jede Unterstützung.

Bevor Sala'hmantra antworten konnte, wurde die Verbindung wieder unterbrochen.

Man hatte die MATARKO angemessen und ein Teil der Angreifer schwenkte auf eine neue Flugbahn, verließ das unmittelbare Kampfgeschehen und flog der MATARKO direkt entgegen. Bereits aus einer noch relativ weiten Entfernung eröffneten sie das Feuer.

Franz war aufgestanden und zog Sala'hmantra an sich und legte seinen Arm um sie.

Die ihnen entgegenkommenden Schiffe hatten eine fast exakte Länge von 300 Metern.

In Franz Xaviers Gesicht zuckte nur kurz ein Muskel und im nächsten Augenblick begannen seine Finger über die Tasten und Feuersensoren der Laser-Strahler zu huschen.

Weit über ihm, auf dem Rumpfrücken des Schiffes, schoben sich die Geschütze aus ihren Verschlussräumen.

Sie begannen sofort in Verbindung mit dem Struckturscan die feindlichen Schiffe anzuvisieren.

Blauweiße Lichtbündel zuckten durch den Raum, und im nächsten Augenblick wurden ein halbes Dutzend Gegner in zuckenden Blitzen eingehüllt.

Franz hatte auf Umlaufmodus geschaltet. Sämtlich zu Verfügung stehende Geschützstellungen, Lafetten und Strahler fuhren aus dem riesigen Leib MATAR-KOS.

Gleichzeitig begann das immer noch mit einer Geschwindigkeit von 8000 km/sec. fliegende Schiff sich langsam um die eigene Achse zu drehen.

Immer schneller wurde die Rotation, während 1820 Geschütze im Salbentakt anfingen zu feuern.

Hier zeigte es sich überdeutlich, dass die Bezeichnung Raumzyklon für das Schiff noch eine bloße Untertreibung war.

Undeutlich schimmerte der glänzende Rumpf durch die gewaltigen Entladungen hindurch, als die Energiestrahlen der MATARKO auf viele Schutzschirme prallten.

Sie hatte ihre optimale Rotationsgeschwindigkeit erreicht und immer mehr Angreiferschiffe wurden von dem feuerspeienden Schiffgiganten wie welkes Laub durch den Raum gewirbelte.

Deutlich konnte man erkennen, dass die so getroffenen Körper mittschiffs in heller Rotglut aufstrahlten, bevor sie dann teilweise in Explosionen vergingen.

„Die rechts von uns fliegenden Schiffe drehen ab", meldete Fuller in dem Augenblick.

Franz fuhr herum und sah auf die Steuerbord-Bildfläche. Tatsächlich scherten die dort gesichteten Schiffe hart aus dem Kurs, und die aufflammenden Reflektoren ihrer Triebwerke bewiesen, dass sie mit der vollen Kraft ihrer Maschinen die Flucht ergriffen.

Fuller wollte soeben zufrieden auflachen, als sich der Riesenrumpf der MATARKO in eine gewaltige Glocke zu verwandeln schien.

Ein Inferno von machtvollen Geräuschen klang auf. Es kreischte und brüllte durch alle Abteilungen, und im gleichen Augenblick begann die Drehung des Schiffes langsamer zu werden.

Die Geschütze stellten ebenfalls den Beschuss ein und alle Energie wurde auf die Schutzfelder umgelegt.

Ein titanenhafter Strahlschuss aus den Tiefen des Alls hatte die MATARKO mit vollster Wucht im letzten Drittel des Rumpfes getroffen.

Die Energieumformer tobten und auf den Schutzschirmen des Schiffes lasteten Kräfte, die es kaum noch neutralisieren konnte.

Diesmal war es die MATARKO, die gewaltsam aus dem Kurs gerissen wurde, und es schien Ewigkeiten zu dauern, bis die wilden Bewegungen von dem Schiff endlich aufgefangen wurden.

Es war offensichtlich, dass sich diese Energien einen Weg durch sämtliche Schutzschirme gebahnt hatten.

Franz hatte sich wieder gefasst, als Fullers Stimme hörbar wurde.

„Hinter uns ist ein riesiges Schiff. Woher es kommt, ist unbekannt. Es hatte sich wahrscheinlich hinter der Sonne Sah versteckt."

Mehr sagte er nicht, doch Franz ahnte, dass es jetzt darauf ankam. Er warf einen kurzen Blick zu Sala'hmantra, aus deren Gesicht fast alle Farbe entwichen schien.

Als der Struckturscan endlich klare Ergebnisse lieferte, erschien auf der Sichtfläche ein Schiffsgigant von solchen Ausmaßen, dass Franz stöhnend die Augen schloss.

Dagegen war die MATARKO ein Nichts.

Entsetzt starrten sie auf das Fernbild des Schiffes, das mit unheimlicher Fahrt herangejagt kam. Es hatte fast schon die Größe eines kleinen Mondes.

Niemand bemerkte, dass die MATARKO die Sonne schon hinter sich gelassen hatte. Franz wurde sich in dem Augenblick darüber klar, warum die anderen, kleineren Schiffe so rasch abgedreht hatten.

Sie überließen den Kampfplatz dem größeren Bruder, da sich die MATARKO für sie als zu mächtig erwiesen hatte.

Franz warf noch einen Blick auf den halbrunden Bug des heranjagenden Riesen, dann drückte er auf die Feuerknöpfe.

Diesmal war es eine Breitseite von SAT Geschossen, die die MATARKO verließen.

„Alle acht besetzten Beiboote sofort ausschleusen. Notstartprogramm läuft. Kapitän Saratis blickte nur kurz auf und bestätigte.

Die mit je fünf Mann Besatzung ausgerüsteten 100 Meter Boote schossen aus den sich explosionsartig öffnenden Hangarluken.

Die Männer fieberten regelrecht auf Revanche. „Was meinte der Mann mit ‚Aufständische'.

Als ich Sah verlassen hatte, gab es höchstens eine Opposition, aber absolut kein Aufstand noch irgendwelche Unruhen unter der Bevölkerung."

Die Prinzessin schien etwas fassungslos zu sein.

Franz Xavier wusste dazu natürlich noch weniger zu sagen. Die MATARKO erbebte unter der Wucht der Abschüsse und die Vibrationsdämpfer konnten nicht alles abfangen.

112 Lichtschnelle SAT Geschosse mit Photonenantrieb beschleunigten auf den Raumkoloss zu.

MATARKO hatte bereits die Bildbeobachtung verdunkelt, als die ersten SAT Geschosse weit vor dem Gegner explodierten.

Er hatte reagiert und beschoss seinerseits die zwar kleinen und wendigen aber dafür nur mit einem schwachen Schutzfeld ausgestatteten Flugkörper.

53 Stück trafen jedoch fast gleichzeitig an verschiedenen Stellen die Schutzfelder, rissen das Raumschiff aus der Bahn und zerfetzten dort den Schutzschirm, wo mindestens drei von ihnen auf derselben Stelle aufschlugen.

Eine Supernova schien geboren zu sein. Selbst die MATARKO erbebte und wurde nochmals durchgeschüttelt, als fünfhunderttausend Kilometer vor ihr das fremde Riesenschiff explodierte.

Zwölf kleinere Feindschiffe hatten ebenfalls keine Chance mehr zu entkommen. Dazu waren sie viel zu schnell.

Vor ihnen öffnete sich die atomare Hölle. Sie erfassten es eben noch im winzigen Bruchteil einer Sekunde, dann jagten die Schiffe schon in die Gluten hinein.

Die zwölf Bälle der Einzelexplosionen verschmolzen ineinander, und so leuchtete dort plötzlich eine weitere violett flammende Kunstsonne mit einem Durchmesser von insgesamt 7200 Kilometern auf.

Das flammende Inferno läutete das Ende dieser Raumschlacht ein.

„Schadensmeldung: zweiunddreißig Werferbatterien wurden durch Punktbeschuss beschädigt. Vakuumeinbruch auf Deck 1012 und 1013. Die Selbstreparaturen laufen. MATARKO Ende."

Fast zeitgleich erschien Kapitän Saratis auf einer zweiten Bildfläche: „Wir jagen zusammen mit dem Rest der Heimatflotte die Aufrührerschiffe. Es ist nur eine Frage von Stunden und wir werden sie gestellt haben. Weiter Informationen später."

Das Bild verblasste.

Kapitän Regal Saratis hatte sich mit den acht MATARKO Beibooten der Restflotte von Sarle angeschlossen und sie schienen zu versuchen, die wenigen Schiffe, die eindeutig dem Planeten Sisker zuzuordnen waren, aufzubringen.

Die ROSE VON SAH hatte nicht eingreifen brauchen, sehr zum Leitwesen seiner Besatzung.

Langsam driftete die MATARKO weiter in das Zweiplanetensystem hinein.

Der Struckturscan bestätigte, dass sich die restlichen Kriikl Schiffe außerhalb des Systems sammelten und gemeinsam in Überlicht gingen.

Wie viel Feindschiffe zerstört wurden und wie hoch die eigenen Verluste waren, konnte MATARKO noch nicht ermitteln.

Die Auswertung lief noch.

„Achtung, ein weiterer Breitseitenbeschuss kann mangels verfügbarer Munition nicht mehr gewährleistet werden. Die internen Fertigungsstätten Gamma I-VI benötigen genau eine Woche und zweiundzwanzig Stunden Erdzeit, um die Magazine mit neuer Munition zu bestücken."

Franz Xavier und Sala'hmantra schauten sich erstaunt an und mussten beide fast gleichzeitig lachen.

„Ich hoffe, wir können diese Zeitspanne überbrücken oder sollten in diesem wunderschönen Sonnensystem noch irgendwo weitere Überraschungen auf uns warten?"

Franz Frage war eigentlich mehr ironisch gemeint.

Aber die Prinzessin blickte ihn mehr als ängstlich an.

„Ich hoffe nicht!"

Die Kommunikation zu den anderen Schiffen und zu den Planeten war wieder offen. Die Regentin hatte sich in den kleinen Konferenzraum begeben und versuchte sich einen ersten Überblick über die hiesigen Verhältnisse per Holokonferenzschaltung zu machen.

Fuller hatte Franz Xavier zu einem persönlichen Gespräch gebeten. Sie trafen sich in seinem Appartement.

„Franz sei mir nicht kram aber ich habe in den letzten Tagen nachgedacht, wie es mit mir und meiner Tochter nun weitergehen kann.

Ich denke, nachdem die Sache mit meinem Geschäftspartner jetzt hinter mir liegt, sollte ich mich um die Reste meines Geschäftes kümmern. Es wird wohl noch irgendetwas übrig geblieben sein.

Ich wäre dir dankbar, wenn du mich bei nächster Gelegenheit mit meinem Schiff zur Raumwerft Patriarch SPORATA absetzen könntest."

Franz Xavier hatte vollstes Verständnis.

„Ich hatte mir auch schon meine Gedanken gemacht. Die SULANA, dein Schiff, sollte eigentlich schon längst wieder flugfähig sein. Ich wollte sie auf der Raumwerft reparieren lassen.

Mittel dazu haben wir ja genug in den Laderäumen von MATARKO herumliegen!"

Er schaute durch das bodentiefe, ovale Fenster in den sternenübersäten Raum hinaus.

„Franz, ich bin wieder in deiner Schuld. Sobald ich näheres über meine Geschäftsverhältnisse weiß und sie sich konsolidiert haben, werde ich dir die Partnerschaft anbieten. Was meinst du?"

Franz Xavier musste lächeln.

„Ja warum nicht. Schlag ein", er streckte ihm die Hand entgegen.

Fuller schaute zuerst etwas irritiert, drückte aber dann zu. Leider kannte er diese Art von Handschlag nicht und Franz würde wohl noch einige Tage mit einem Bluterguss an seiner rechten Hand leben müssen.

Als Franz sich in den nächsten Stunden in seinem
Appartement eine Auszeit gönnte, überschwemmten
ihn sehr viele Gedanken.
Versonnen blickte er auf das einzige Romanheft, das
ihm noch geblieben war. Die Abenteuer des Weltraumhelden John Starbug in einer fernen Zukunft
erschienen ihm überhaupt nicht mehr so Weltfremd.

Sein Kindheitstraum war Wirklichkeit geworden. Er hatte eine leibhaftige Weltraumprinzessin getroffen und flog in einem Raumschiff das für ihn das Nonplusultra überhaupt darstellte.

Das einzige Mango war die Sache mit dem biologischen Interface in seinem Hinterkopf und die Tatsache, dass er sich nie wieder weiter als 250 Kilometer von dem Schiff entfernen durfte.

Was geschehen würde, sollte die MATARKO schwer beschädigt oder sogar zerstört werden, daran durfte er überhaupt nicht denken.

„Kommandant, darf ich sie stören?"

MATARKO hatte sich per Nano-Chip bei Franz Xavier gemeldet.

„Das war jetzt neu", dachte Franz. „Dass MATARKO erst anfragte bevor er ihn ansprach."

„Was gibt es?"

Er sprach in das Gravo-Mikro.

„Es wurde soeben eine offizielle Einladung an Sie und an mich von der Regierung von Sah übermittelt. Die Bevölkerung von Sarle wurde über den Ausgang der Raumschlacht informiert und unsere Beteiligung daran.

Wir werden in genau zehn Zeiteinheiten, das sind etwa fünf Stunden Erdzeit, in der Hauptstadt Seresta erwartet. Es besteht die Bitte, dass ich auf dem Raumflughafen der Stadt landen möge.

Es wird dafür extra ein Feld vergrößert und bereitgestellt.

Man legt anscheinend Wert darauf, einen tatsächlich existierenden Raumzyklon der Bevölkerung zu zeigen."

MATARKO schwieg und Franz wollte eigentlich erst noch mit Sala'hmantra sprechen.

„Aus mehreren Quellen habe ich Informationen erhalten, dass das Volk von Sah offenbar die Bacab kannte. Jedenfalls ist die Bezeichnung Raumzyklon bei ihnen durch alte Überlieferungen erhalten geblieben.

Kommandant Franz Xavier, sie wissen nicht, was das für mich bedeutet. Ich muss hier unbedingt weitere Nachforschungen betreiben.

Vielleicht besteht sogar die Möglichkeit, an Koordinaten zum einstigen Bacab Reich zu gelangen. Darf ich auf Ihre Mithilfe hoffen?"

Franz hatte keine andere Wahl. Er war an das Schiff gebunden, in Gedeih und Verderben.

„Teile der Regierung unsere Zusage mit und bestätige ihre Bitte."

Franz wollte gerade den Raum verlassen, als das Türschott einen Besucher meldete. Es war Sala'hmantra. Sie hatte eben erst ihre Holokonferenz beendet. „Franz, man erwartet uns in zehn Zeiteinheiten auf Sarle", wiederholte sie die Einladung.

„Ich hoffe das ist in Ordnung für dich."

Franz sah nicht gerade glücklich aus, so dass sie den letzten Satz gedehnt langsamer ausgesprochen hatte.

„Gibt es irgendwelche Probleme die ich wissen sollte?"

„Nein, es ist wahrscheinlich nur ein gewisser Heimatschmerz. Das gibt sich bestimmt schnell wieder!" Franz wehrte ab und nahm sie in den Arm.

„Vielleicht finde ich ja eine neue Heimat, was meinst du?"

Sie wirkte etwas verlegen.

„Wir werden sehen. Jedenfalls werden du und dein Raumschiff bereits als Helden gefeiert. Ihr seit mehr als Willkommen."

„Kommandant, Kapitän Saratis ist mit den acht Beibooten zurückgekehrt und bittet Geleitschutz fliegen zu dürfen", kam die Stimme MATARKOS aus verborgenen Lautsprechern.

Franz wurde abgelenkt und das war auch gut so. „In Ordnung. Wie lange werden wir bis zur Landung benötigen?"

„Ich kalkuliere mit zwei – drei Erdstunden. Man hat bereits von mehreren Seiten angefragt, ob der Anflug langsam gestaltet werden kann, damit für die Life Übertragungen der Nachrichten- und Informationssender genug Zeit zur Verfügung steht.

MATARKO hatte einen etwas nervösen Unterton in der Stimme, fand Franz.

Er hatte mittlerweile gelernt, diesbezüglich Unterschiede herauszuhören.

„MATARKO, gib es irgendetwas mit mir zu besprechen?"

Jetzt wurde auch Sala'hmantra aufmerksam.

Es dauerte lange zehn Sekunden bis sich das Schiff meldete: „Ich werden Sie diesbezüglich nach dem Empfang kontaktieren. Es ist mehr eine persönliche Sache! MATARKO Ende."

Sala'hmantra schaute mehr als irritiert zu Franz.

„Das Schiff hat persönliche Probleme?"

„Sala'hmantra, das ist etwas komplizierter, als dass
ich es dir hier und jetzt erklären könnte. Lass es uns
auf später verschieben."

Sie standen auf der Brücke und sahen auf dem Zentralbildschirm die gesendeten Programme der ver-
schiedensten planetaren Nachrichtenagenturen.
Die MATARKO glänzte unter den hunderten von
günstig platzierten Leuchtkörpern.
Sie wurde von allen Seiten angestrahlt wie auch die
acht Begleitschiffe. Während der Kommentator noch
sprach, wurden ständig Szenen aus der Schlacht und
von einigen Kämpfen auf dem Planeten Sisker eingeblendet.
Franz fragte sich, woher diese Aufnahmen kamen.
Aber die Regentin bestätigte ihm, dass es üblich war,
das die Medienpräsenz eines der wichtigsten Einrich-
tungen des sozialen Lebens auf beiden Planeten war.
Man hatte also bei Ausbruch der Kampfhandlungen
viele hunderte wenn nicht sogar tausende von Minia-
turkameras in das Krisengebiet, sprich hier zuerst in
den Weltraum und später der Planet Sisker, wo der
Aufstand begann, geschickt.
Franz konnte an einer derartigen Vermarktung von
Schreckensbildern nichts finden. Er verabscheute die-
se Art des Medienrummels und Pressefreiheit richtig-
gehend.
Sala'hmantra verstand ihn diesbezüglich nicht.
Majestätisch schwebte die MATARKO aus dem rosa
blauen Himmel hinunter auf den Raumhafen von
Seresta zu. Tausende von Kameras surrten um den
Landeplatz herum, wie Schwärme von Bienen um die
Honigwaben.

Die acht Beiboote flankierten an den Seiten. Einige immer noch geschwärzte Stellen an der Außenhaut des Schiffes zeigten, das auch die MATARKO nicht ganz ohne Blessuren davon gekommen war.
Ein großer, offener Gravogleiter stand bereit, um die Ehrengäste abzuholen. Neben Fuller und seiner Tochter Meradis saß Markan, der Sohn der Regentin. Ihm gegenüber hatte seine Mutter Platz genommen und Franz Xavier saß rechts von ihr.
Wie weit vom Raumhafen entfernt findet denn das Empfangsbankett statt?"
Franz blickte Sala'hmantra an. Der Gravogleiter war gerade gestartet und flog sehr langsam an tausenden von Menschen vorbei, die hinter einer speziellen Absperrung standen und ihnen zuwinkten.
„Wir werden etwas acht Zeiteinheiten unterwegs sein, Franz. Wieso fragst du? Keine Angst, es wird schon keine große Staatsaktion werden."
Die Prinzessin winkte kurz zu den Leuten hinaus.
Franz Xavier hatte aus gutem Grund gefragt. Er durfte sich nicht weiter als 250 Kilometer von der MATARKO entfernen, seit seiner Operation war er ja über Interfaceprogramm an das Schiff gebunden.
So viel er verstanden hatte, wurden wichtige Impulsfolgen von dem Schiff an seine Zellkerne generiert, ohne die er nicht mehr lebensfähig war. Er befand sich ständig im Onlinemodus mit MATARKO.
Die Strahlung, die ihn damals teilweise aus der Waffe des ehemaligen Kompagnons von Fuller getroffen hatte, hatte in seinem Körper verheerende Strahlungsschäden verursacht und ein Teil seines Kopfes sowie seines Gehirns zerstört

Es wurden durch die Verschmelzung von Bacab Technik mit ihm und in Verbindung mit dem Schiff MATARKO versucht, eine akzeptable Lösung für sein Überleben zu finden und zumindest aus der Sicht des Schiffes hatte man sie auch gefunden.

Franz Xavier selbst hatte sich noch nicht wirklich mit der neuen Abhängigkeit abgefunden.

Noch dazu, dass er neuerdings Eindrücke und Visionen hatte, die ihn etwas ängstigten. Er erinnerte sich an eine Aussage von MATARKO, dass die Schwarze Materie oder auch Schwarze Energie genannt, sehr großen Einfluss auf den Aufbau der materiellen Welt hatte und das bei Überlichtflügen das jeweilige Raumschiff mit dieser Schwarzen Materie in Kontakt kam.

Er selbst hatte es gefühlt. Er hatte es über den direkten Gehirnkontakt zu MATARKO als Schiff gefühlt.

Und jetzt fühlte er schon wieder das Gleiche wie damals. Nur dass er sich nicht in Überlicht befand.

Franz nutzte die Fahrt mit dem Gravogleiter und gab seine momentane Gefühlslage an MATARKO weiter.

Seine Gedanken genügten und das Schiff empfing in sekundenbruchteilen alle Information, die Franz selbst eben noch gedacht hatte.

„MATARKO, gibt es von deiner Seite dazu irgendwelche Erklärungen?"

„Negativ. Die von Ihnen beschriebenen Symptome sind unbekannt. Die Logikauswertung gibt jedoch an, dass die neu entstandene Einheit MATARKO-FRANZ XAVIER eine variable Größe mit vielen Unbekannten ist. Insbesondere stehen Ihnen über Online Modus alle meine Programme, Techniken sowie Waffensysteme direkt ohne mein Zutun zu Verfügung.

Inwieweit eine dimensionsbezogene Überlappung der Realitäten, wie es der Überlichtflug darstellt, hier ebenfalls mit einzubeziehen ist, ist mangels Erfahrungswerte ebenfalls unbekannt."

„Franz, ist dir nicht gut? Du schaust, als wärst du gang weit weg mit deinen Gedanken."

Die Prinzessin drückte seinen Arm.

„Wir sind gleich angekommen. Genieße einfach den Augenblick und lass dich feiern, ja."

Franz hatte sich wieder aus der Kommunikation mit MATARKO zurückgezogen und nickte. Dann bemerkte er das Nichtverstehen dieser Geste und sagte: „Ja natürlich. Entschuldige, aber mich überkommen manchmal melancholische Momente."

Der Festsaal war mit 150 geladenen Gästen voll ausgefüllt. Über einen blauen Teppichläufer kamen sie unter Beifallsbekundungen in den Saal.

Die Regentin hatte ihren Sohn an der Hand und ging voraus. Franz und Fuller mit der kleinen Meradis gingen hinter ihr her.

Der Weg führte auf eine Art Podest, wo der Tisch für sie stand. Hier warteten bereits weitere Regierungsmitglieder auf ihr Kommen.

Die Begrüßung war mehr als freundlich. Reden wurden gehalten und Dankesworte fielen mehr als genug.

Franz Xavier war kein Freund von zur Schau gestellter Freundlichkeit, auch wenn es ehrlich gemeint war.

Die Regentin hatte ihm mitgeteilt, dass die Aufständischen mittlerweile verhört worden waren.

Sie hatten tatsächlich einen Pakt mit den Kriikl geschlossen, um die Regierung zu stürzen. Das angeblich geheime Treffen mit ihr sollte lediglich dazu genutzt werden, um sie zu beseitigen und die restlichen Regierungsmitglieder in einem Putschversuch abzusetzen.

Die Heimatflotte von Sarle sollten die Kriikl Einheiten vernichten.

Dafür sollten sie ein Anrecht auf die Monde des Systems bekommen und ein Mitbestimmungsrecht im Planetenrat.

Wieso diese Untergrundorganisation so lange im Verborgenen arbeiten konnte, wie sie überhaupt den Kontakt zu den Insektenartigen aufnehmen konnte blieb aber immer noch ebenso im Dunkeln, wie die Frage um das Warum.

Sie saßen nebeneinander in einer Reihe. Franz Xavier auf der rechten Seite und Markan auf der linken Seite der Regentin. Fuller und seine Tochter hatten neben Franz Platz genommen.

„Warum muss jeder Empfang auch ein Essen beinhalten", dachte Franz und schaute sich die Servicekräfte in ihren Uniformen an, die jetzt geschäftig mit vollen Händen um die Tische jagten und versuchten, die Speisen und Getränke so schnell und unauffällig wie möglich gleichmäßig auf den Tischen zu verteilen.

Tischgespräche setzen ein und erzeugten in den Saal ein mehr oder weniger lautes Grundgeräusch, das jetzt durch eine sehr gewöhnungsbedürftige Orchestermusik bereichert wurde.

In seinem Kopf verspürte Franz mehr und mehr einen Drang etwas Wichtiges zu Tun. Nur um was es ging, konnte er nicht greifen.

„MATARKO, in Schiffsnähe alles in Ordnung?"

„Kommandant, es gibt keine Besonderheiten zu berichten."

Es dauerte etwa zehn Sekunden, dann meldete sich das Schiff in seinem Geist: „Franz Xavier, ich habe eine Bitte vorzubringen. Würde es Ihnen eine Belastung sein, wenn sie die Prinzessin oder einen anderen Regierungsvertreter nach den Ursprüngen zu dem Begriff „Raumzyklon" fragen würden?"
Franz hatte sich eben fast verschluckt. Zum einen meldete sich das Schiff aktiv über das Interface.
Er hatte bisher angenommen, dass der bewusste Kontakt nur einseitig von seiner Seite aus, geführt werden konnte.
Und zum anderen verstand er nicht genau, was MATARKO mit der Bitte bezweckte.
„Kannst du deine Bitte etwas näher verifizieren!"
Bevor das Schiff darauf antworten konnte, wurde es am Eingang des Saals laut.
Schreie waren zu hören und Fran Xavier sah einen Mann hereinrennen, gefolgt von zwei anderen Männern, die ihn anscheinend versucht hatten, aufzuhalten.
Die Verbindung zu MATARKO stand noch und anstatt die geistige Stimme des Schiffes zu vernehmen, stellte sich ein starker Zwang in ihm ein, dem Franz nur noch wenig geistige Kraft entgegenzusetzten hatte.
„Nieder mit der Regierung! Nieder mit der Regentin!"
Ein Tumult entstand, als der Rufer jetzt einem handgroßen, kugelförmigen Gegenstand in die Luft warf.
Gleich darauf wurde er von dem anwesenden Sicherheitspersonal auf den Boden geworfen.
„Achtung, er hat eine Gravo Schleuder aktiviert", rief jemand.

Franz Xaviers Augen fingen an zu tränen. Trotzdem konnte er die nun in der Luft hängende Kugel in etwa zwanzig Metern Entfernung noch gut sehen. Sie schimmerte zuerst gelb und als die ersten Laserschüsse auf sie abgefeuert wurden, erstrahlte sie in einem hellen Rot.

Dann entstand eine Art Netz um sie herum, das anscheinend aus ihrem Inneren herausgefaltet worden war.

„Handlaser nützen nichts. Die Schleuder hat einen Schutzschirm."

Das Netz fing auf einmal an wie wild zu rotieren. Es war innerhalb Sekunden so schnell geworden, dass das Auge nur noch einen Strich erkennen vermochte.

„Evakuierung! Sofort alle raus", hörte Franz einen Sicherheitsmann noch rufen, da setze sich die Kugel mit dem rotierenden Netz bereits in Bewegung.

Mit rasant steigender Geschwindigkeit sauste sie auf seinen Standort zu.

Neben Franz Xavier war die Prinzessin aufgesprungen und wurde durch weitere Männer nach hinten gezogen.

Franz saß noch immer auf seinem Platz und bemerkte erstaunt, dass sich die Bewegungen im Raum verlangsamt hatten.

Obwohl, er schätzte dass die Kugel innerhalb der nächsten Sekunden ihn erreicht haben dürfte. Als sie an einem Leuchtkörper vorbei kam und ihn berührte, zersprang dieser zuerst in mehrere Stücke, die dann, bevor sie dem Boden entgegen fallen konnten, sich in Staub auflösten.

Jetzt senkte sich die rotierende Kugel auf Kopfhöhe und Franz erkannte ihr wirkliches Ziel: Sala'hmantra ver T'hale, die Regentin.

Sie war gerade dabei, den beiden Sicherheitsleuten zu folgen und blickte verstört in Franz Xaviers Richtung, als die Kugel den Kopf eines anderen geladenen Gastes berührte.

Sie war noch fünf Meter von Franz und Sala'hmantra entfernt.

Der Kopf explodierte, der Torso fiel zu Boden und wurde mit dem in Staub aufgelösten Kopf berieselt.

„MATARKO!" Franz suchte reflexartig Hilfe über den Online Modus seines Interfaceprogramms und in diesem Moment explodierte der Zwang in ihm.

Später, in einem Memorandum der Ereignisse um das Zweiplanetensystems von Sah wird folgende Eintragung vermerkt sein:

Der Kommandant Franz Xavier Steinbauer wurde von den einsetzenden Ereignissen überrollt. Die tödliche Waffe der Gravo Schleuder war nur noch wenige Meter von ihm und dem Ziel des Attentates, nämliche der Regentin Sala'hmantra ver T'hale, entfernt, als Franz Xavier mehr unbewusst als bewusst die Verbindung zu dem Raumzyklon MATARKO herstellte.

Dies geschah über die körpereigene Schnittstelle. Der Wunsch nach Hilfe durch das Schiff manipulierte die geistig angetastete Schwarze Materie dermaßen, dass dadurch in unmittelbarere Nähe ein wurmlochartiger Überlichtdurchgang generiert wurde.

Neben Franz Xavier entstand ein Tor, durch das jetzt von ihm, der alle Schiffsfunktionen über die geistige Verbindung steuern konnte, ein durch das Schiffsgeschütz ausgelöster Laserstrahl mit einem

Durchmesser von drei Metern über Struckturscan mit Lichtgeschwindigkeit genau auf die rotierende, ballgroße Gravo Schleuder gezielt, gesteuert wurde.

Im selben Moment, als die Waffe, deren Anwendung übrigens bereits vor mehr als einhundert Sarle Jahre unter Androhung hoher Gefängnisstrafen verboten worden war, getroffen wurde und trotz Schutzschirm in sekundenbruchteilen aufhörte zu existieren, ruckte in Franz Xaviers Augen und Geist der Zeitablauf wieder zurecht.

Im Raum herrschte eine Temperatur von kurzfristig 120 Graden Celsius, ausgelöst durch das Anwenden eines einfachen Schiffsgeschützes in einem abgeschlossenen Raum. Die gegenüber liegende Wand wurde schwer beschädigt, aber die sofort einsetzenden automatischen Sicherheitsvorkehrungen stabilisierten das Gebäude und löschten die hochlodernden Flammen bereits im Keim. Memorandum Ende.

Das entstandene Tor, das selbst einen Durchmesser von mehreren Metern hatte und das eine schwarz wallende Silhouette erzeugte, verblaste langsam.

Sala'hmantra ver T'hale, die Sicherheitsbeamten, die noch zurückgebliebene Gäste und ebenfalls Franz Xavier sowie Fuller und seine Tochter hielten den Atem an.

Die tödliche Waffe war nicht mehr. Die Erscheinung, aus der ein riesiger Laserstrahl gekommen war, war wieder verschwunden und die Gefahr schien gebannt zu sein.

Nur Markan der Sohn der Prinzessen hatte von alledem nichts mitbekommen. Ein Sicherheitsmann hatte ihn bereits gleich zu Beginn des Attentats aus dem Raum gebracht.

„Hast du das gerade eben auch gesehen?"
Fuller schluckte vernehmlich und zog seine Tochter zu sich in den Arm.
Mittlerweile waren Rettungskräfte unterwegs, um die verstörten und teilweise Verletzten Gäste zu betreuen. Der Torso des Getöteten wurde noch an Ort und Stelle untersucht.
„Franz, was war das? Ich glaubte schon, meine letzte Sekunde wäre angebrochen."
Sala'hmantra zog Franz zu sich. Dieser schien nicht richtig zu verstehen. Sie rüttelte an einer Schulter.
„Franz, hast du einen Schock? Sanitäter, hierher!"
Die Regentin winkte hastig in den Raum. Jetzt erst wurde Franz Xavier wirklich bewusst, was vorgefallen war.
„Kommandant, dringender Informationsaustausch notwendig", erschallte die innere Stimme von MATARKO in seinem Geist.
„Jetzt nicht. Ich melde mich!"
Franz unterbrach die Verbindung und wandte sich Sala'hmantra zu: „Ist nicht notwendig. Mir geht es gut."
Er blickte lächelnd in ihre Augen und nahm sie in den Arm.
„Gut, dass dir nichts geschehen ist. Müssen wirklich erst Wunder geschehen, dass die Versuche dich umzubringen, endlich aufhören?"
Sie blickte ihn erschrocken an.
„Was hast du denn damit zu tun. Moment, sag es nicht. Das war ein Laserstrahl von der Stärke eines Schiffsgeschützes."
Sie schien kurz zu überlegen. „Hatte MATARKO wieder seine Finger im Spiel? Du und das Schiff!"

Franz hatte selbst nicht genau verstanden, was eben geschehen war. Aber das würde ihm bestimmt MATARKO bald verraten.

„Ich werde dir bestimmte eine Aufklärung präsentieren können. Aber nicht hier und sofort. Und ja, ich muss zuerst noch mit „meinem Schiff" sprechen."

Fuller hatte die ganze Zeit mit sichtbar offenem Mund zugehört. Er wagte aber nicht, sich einzumischen.

Auf dem Weg zurück zu MATARKO jagten Franz viele Gedanken durch den Kopf. Erst ein längeres Gespräch an diesem Abend in seinem Appartement mit MATARKO, dem Raumzyklon, brachten ihm die erwarteten Erkenntnisse über seine neuen Fähigkeiten.

Sie verbanden ihn nur noch enger mit dem Schiff. Am nächsten Tag kam die Aussprache mit der Regentin von Sah, seiner neuen Liebe.

Das Gespräch fand in den privaten Gemächern der Prinzessin statt. Zuerst verstand sie nichts, dann zu viel. Sie reagierte mit Entsetzten auf Franz Xaviers Bericht, insbesondere als er von dem Attentat auf sich und die nachher erfolgte Operation sprach.

Immer mehr schien sie sich von ihm zu distanzieren, je mehr er von sich preisgab.

Am nächsten Tag wurde ihm eine sehr alte Folie zugeschickt. Der Absender war die Regentin von Sah. Voller Ungeduld hatte MATARKO sie untersucht und tatsächlich das Bacab Wort für Raumzyklon darauf gefunden.

Außerdem barg dieses Artefakt noch Zahlen und Zeichen in einer unbekannten Sprache.

Die Übersetzung dauerte noch an, als eine zweite Mitteilung aus dem Regierungspalast Franz erreichte.

Darin hieß es, die Regentin Sala'hmantra ver T'hale musste kurzfristig eine sehr wichtige außerplanetarische Reise antreten und bittet ihn um Entschuldigung, dass sie sich nicht persönlich hatte verabschieden können.
Franz Xavier war am Boden zerstört. „MATARKO, wir starten sofort. Flugziel ist die Raumwerft ‚Patriarch SPORATA'.
Wir sollten endlich unserem Freund Fuller das Raumschiff reparieren lassen."
Dann verschwand er in sein Appartement und wurde zwei Tage nicht mehr gesehen.
Als Fuller zum mindestens zehnten Mal an Franz Xaviers Tür stand, ging diese endlich auf. Das nachfolgende Gespräch war ein reines Männergespräch und hatte nur einen Inhalt: Frauen.
Als sich dann noch MATARKO meldete und stolz verkündete, dass die Schriftzeichen auf dem Artefakt entschlüsselt werden konnten, kam wieder neuer Schwung in Franz Xavier.
„Sind es Raumkoordinaten oder nicht. Nun rück schon raus."
„Es sind Koordinaten. Mit Bestimmtheit lassen sie sich jedoch nicht auf ein bestimmtes Planetensystem festlegen. Dazu fehlen einige Bezugspunkte. Aber anhand meiner Sternenkarten wurden drei mögliche Sternenkonstellationen errechnet. Hier könnten wir ansetzen."
Franz hatte sich mit seinem Geist bereits mit MATARKO verbunden, ohne dass Fuller es bemerkte.
„Wir erreichen in fünf Zeiteinheiten die Raumwerft. Fuller, mach dich bereit zur Ausschleusung.

MATARKO, mach dich bereit zum Anflug auf die erste Sternenkonstellation.
Mal sehen welches Abenteuer uns hier erwartet."
Mit einer Spur von Ironie nahm Franz Xavier das letzte Romanheft des Weltraumhelden John Starbug in die Hand und schaute auf die blonde Schönheit, die dieser im Arm hielt, während er mit der freien Hand auf grüne Aliens schoss.

ENDE